CB061760

Rosário, Isabel e Leopoldina
entre sonhos e deveres

de
Margarida Patriota

e ilustrações de
Joana Velozo

Rio de Janeiro, 2021

copyright © Margarida Patriota

editoras *Cristina Fernandes Warth, Mariana Warth*
coordenação de design e de produção *Daniel Viana*
ilustrações *Joana Velozo*
preparação de texto e pesquisa iconográfica *Eneida D. Gaspar*
revisão *BR75 | Clarisse Cintra*

CIP-BRASIL. CATALOGAÇÃO NA PUBLICAÇÃO
SINDICATO NACIONAL DOS EDITORES DE LIVROS, RJ

P341r

    Patriota, Margarida, 1948-
        Rosário, Isabel e Leopoldina : entre sonhos e deveres / Margarida Patriota ; ilustração Joana Velozo. - 1. ed. - Rio de Janeiro : Pallas, 2021.
        124 p. : il. ; 24 cm.

    Inclui bibliografia
    ISBN 978-65-5602-037-2

    1. Ficção. 2. Literatura infantojuvenil brasileira. I. Velozo, Joana. II. Título.

21-70845   CDD: 808.899282
                                                        CDU: 82-93(81)

Camila Donis Hartmann - Bibliotecária - CRB-7/6472

Pallas Editora e Distribuidora Ltda.
Rua Frederico de Albuquerque, 56 – Higienópolis
CEP 21050-840 – Rio de Janeiro – RJ
Tel./fax: 55 21 2270-0186
www.pallaseditora.com.br
pallas@pallaseditora.com.br

*O palácio da Boa Vista por certo teve momentos
de maior e menor cuidado, mas o prédio
propriamente dito parecia inabalável.*

Lilia Moritz Schwarcz
(As barbas do imperador, p. 219)

Sumário

Parte 1. Queridos leitores do futuro... 9

    1. Pouco tempo para contar muito
        Ou: de como virei mascote 11

    2. De protetora a protegida
        Ou: da horta à biblioteca 19

    3. Será o Benedito?
        Ou: quem lê seus males espanta 27

    4. Vivendo e aprendendo
        Ou: como fui à escola, sem ir 37

    5. O código decifrado
        Ou: o segredo mantido 45

    6. Um giro pelo palácio
        Ou: teatro, festas e férias 51

    7. Se não é o Benedito!
        Ou: entre o batuque e a valsa 61

Parte 2. Com quem Isabel vai se casar? 69

    8. Ser princesa tem preço
        Ou: a dança dos pretendentes 71

    9. Tramas paternas
        Ou: caindo na real 79

    10. E se não gostarem da gente?
        Ou: de percevejos e mosquitos 87

    11. O calor de um "obrigado"
        Ou: pedidos de casamento 93

    12. Chegaram!
        Ou: quem fica com quem 99

    13. Modéstia à parte, influo
        Ou: como desmaio e ajudo 109

    14. Um casório leva a outro
        Ou: o mundo lá fora chama 113

Bibliografia de apoio 120
Fontes dos dados dos boxes 121
Fontes das ilustrações 123

Parte 1.

Queridos leitores do futuro...

1. *Pouco tempo para contar muito*
Ou: de como virei mascote

Coragem. Não tenho tempo a perder. O que der para contar, contarei.

Queridos leitores de daqui a... não sei quando...
Como é difícil começar!

Queridos leitores do futuro, futuro distante do meu. Mesmo sem ter poderes de vidente, vejo vocês nos bancos escolares, querendo saber como era a vida no meu tempo.

No ano em que escrevo, o **imperador** do Brasil governa um país dividido em falanges de **escravos** e senhores. Os escravos

---

Imperador – monarca supremo. É diferente do rei, que manda no próprio reino mas pode receber ordens de outro mais forte, de quem é vassalo. Segundo o historiador Melo Morais, a proposta de aclamar D. Pedro I imperador foi lançada pelo brigadeiro Domingos Muniz Barreto, na sessão da loja maçônica Grande Oriente (no Rio de Janeiro) em que D. Pedro foi eleito Grão-Mestre. O Brasil teve dois imperadores: Pedro I (de 1822 a 1831) e Pedro II (de 1831 a 1889). [1]

Escravos – eram propriedade dos senhores, que tomavam decisões por eles e podiam dispor deles como quisessem. Na Constituição de 1824 do Império do Brasil, só eram cidadãos: 1) os ex-escravos libertos e 2) os nascidos livres (filhos de libertos ou de famílias não escravizadas). Podiam votar nas eleições paroquiais os homens livres (exceto menores, criadagem e religiosos) com uma renda líquida anual de cem mil-réis. [2]

são propriedade dos senhores. Os senhores são proprietários dos escravos. Os escravos trabalham para os senhores, mas o inverso não sucede. Os escravos trabalham sem ganhar um tostão dos senhores seus donos, como bois de canga trabalham sem paga e sem comandar o próprio destino. Os escravos são seres humanos e os senhores também, mas os senhores compram e vendem os escravos como se estes fossem mercadoria. Na escravidão funciona assim. Não pretendo me estender sobre os malefícios desse regime inumano de exploração humana, que alguns senhores já condenam até nas páginas dos jornais. Os gemidos que o chicote arranca das pessoas, e que as **focinheiras** travam, nunca se calam, de maneira que haverão de lhes chegar aos ouvidos. Já a história que segue requer minha letra e assinatura para ecoar no porvir.

Meu nome é Rosário. Sou filha e neta de reis.

Focinheiras – Rosário chamou assim as máscaras que eram presas no rosto de escravos como castigo. É o nome das correiras postas no focinho de animais para que não mordam. [3]

Meu avô reinou na **Grande África congolesa**, antes de ser capturado em combate e vendido como escravo ao Brasil.

Meu pai reina na **Pequena África**, comunidade do Rio de Janeiro vizinha ao **Paço de São Cristóvão**, ou Quinta da Boa Vista, onde mora o imperador.

Minha mãe morreu ao me dar à luz. Não conheci avó materna. Dizem que nasceu de uma escrava negra e um português de pele rosa. Há quem sustente que sou esperta por causa disso. Coisa de más línguas que deturpam a base de problemas graves para não ter de resolvê-los. Por outro lado, não posso impedir ninguém de pensar que um pingo de sangue lusitano nas veias favoreceu meus dias.

Pai Tino, meu pai, tem porte de chefe, mesmo.

Alto, esbelto, empertigado, nem parece que carregou sacas no cais do porto, anos a fio. Seu aspecto altivo impõe respeito aonde

---

Grande África congolesa – é como Rosário chamou a região da África onde hoje ficam o Congo, a República Democrática do Congo e o norte de Angola, e que era a pátria do povo kongo (bacongo). Durante o primeiro milênio da Era Comum, essa região foi sendo ocupada por aldeias isoladas, cada uma com seu chefe. Por volta do ano 1000, as aldeias começaram a se juntar sob o governo de um chefe mais forte que os outros: assim foram se formando os reinos da região. Quando os portugueses chegaram à foz do rio Zaire, em 1483, encontraram o reino do Congo, dividido em seis províncias e cercado por outros reinos como Loango, Matamba e Ndongo. [4]

Pequena África – foi o nome criado no século XX para a área do Centro do Rio de Janeiro, entre o antigo cais do Valongo e a atual praça Onze, onde viviam muitos africanos e afrodescendentes, principalmente pescadores, barqueiros e estivadores (veja o boxe sobre o cais do porto). Segundo os historiadores, o termo foi criado por Heitor dos Prazeres e, mais tarde, adotado por cientistas sociais para descrever a unidade cultural e social dos negros vindos da Bahia no final do século XIX. O nome é utilizado aqui para facilitar o entendimento do texto. [5]

Paço de São Cristóvão – ficava no atual bairro de São Cristóvão, na Quinta da Boa Vista, uma chácara doada por Elias Lopes à Coroa. Foi a residência, no Rio de Janeiro, das famílias reais portuguesa e brasileira, de 1809 até 1889. Depois da proclamação da República, o antigo Museu Imperial, instalado por D. João VI em 1818, no campo de Sant'Ana, mudou-se para o palácio com o nome de Museu Nacional. Em 2018, foi destruído por um incêndio. [7] [8]

Irmandade – é uma associação livre de devotos de um santo, criada na Idade Média em Portugal e na Espanha, que levaram irmandades para as suas colônias. Uma das primeiras a chegar ao Brasil foi a de Nossa Senhora do Rosário, que reunia negros em Portugal e foi importante na formação do cristianismo na África: historiadores pensam que alguns africanos escravizados no Congo já vieram para o Brasil como irmãos do Rosário. Existiram no Brasil irmandades de Nossa Senhora do Rosário e dos Santos Negros (Antônio de Categeró, Benedito, Efigênia, Elesbão, Rei Baltazar) que reuniam escravos e libertos, negros e pardos, africanos e crioulos. [9] [10]

Batuque – batucada (toque de tambores e outros instrumentos de percussão); dança cujo ritmo é marcado pela batucada; nome de algumas religiões afro-brasileiras cujas danças litúrgicas têm o ritmo marcado por tambores. [3]

quer que ele vá, sempre a usar colete preto e *pincenê* no nariz.

Gesticula e caminha com o vagar de um padre em procissão. Aos que lhe pedem conselhos (e muitos o procuram nesse intuito), orienta com a bondade de um verdadeiro sábio. Na Pequena África, é quem dirige os irmãos da **Irmandade** de Nossa Senhora do Rosário e mais entende de ervas curativas.

Seu aprumo não se altera, esteja ele numa roda de **batuque** ou na varanda do Paço imperial que se abre ao povo, nos sábados de manhã. O imperador, então, conversa com ele como se fosse de rei para rei, e ele em troca assegura que os da Pequena África rezem pela saúde da família imperial. Postura humilde só adota ao beijar a mão do monarca, no final da audiência.

Logo que minha mãe morreu, meu pai me pegou no colo, sentindo-se glorioso como São José com o Menino Jesus nos braços, e não me largou mais. Ocupou-se em cuidar de mim e me carregar para toda parte. Com isso, eu, que nasci numa tarde de domingo, no primeiro sábado da existência fui apresentada ao imperador.

Nesse dia, por acaso, estava presente a imperatriz, que recentemente perdera o segundo filho e se interessou por mim. Como me achou meio murcha, ofereceu a meu pai a água limpa e os recursos da farmácia que há no fundo do palácio.

— Era bom que levasse o bebê à enfermaria — recomendou. — A mortalidade infantil anda impiedosa na cidade.

A partir dali, a cada sábado que passava, acompanhava meus progressos.

Os meses se sucederam e as **amas de leite** da Pequena África, que me amamentavam por piedade, não me engordavam o bastante, no entender da imperatriz.

— *Nossa* Rosário continua mirrada — comentou certo dia.

— É a falta que a mãe faz — opinou meu pai.

Julgava ser essa a causa maior da minha magreza, e talvez fosse.

Quando completei um ano de idade, arrastando uma inapetência que o zelo paterno não vencia, a imperatriz falou:

> **Amas de leite** – eram mulheres contratadas para amamentar bebês. Podiam ser escravas alugadas por seus senhores, que moravam com a família da criança pelo tempo necessário, ou mulheres livres pobres que, em geral, trabalhavam para asilos de crianças abandonadas e costumavam "pegar a criança para criar". [11]

— Rosário está franzina demais para o meu gosto. Vamos ver se almoçando um tempo na cozinha daqui ela engorda.

Não tardei a ganhar covinhas nas bochechas e nas mãos.

Tampouco demorei a virar mascote da cozinha imperial. As cozinheiras de lá se divertiam comigo como se eu fosse filha ou neta de cada uma delas. Faziam-me segurar um maracá que eu chacoalhava, enquanto Pai Tino me punha na boca colheradas de canja rica em aveia e miúdos de frango.

Vendo os benefícios que tais refeições me traziam, a imperatriz preferiu não me privar desse tratamento, mesmo eu já estando fortalecida. "A comida que lhe damos não desfalcará a monarquia e suas vindas à cozinha não incomodam", teria dito.

Na hora do almoço, Pai Tino atravessava o parque da Quinta, tratava de me alimentar e partia, pedindo a Deus que abençoasse minha benfeitora. Evitava conversa à toa. Não atrapalhava o amasso das massas, as moagens de **café**

Café – chegou ao Rio de Janeiro por volta de 1760. As primeiras plantações, em chácaras e quintais da cidade, produziam para consumo local e eram fonte de renda para ricos e pobres. Os donos das chácaras punham seus escravos para vender café de porta em porta. Quem só tinha um pequeno quintal vendia o produto para os parentes e os amigos. [12] [13]

e outras fainas. Não perturbava a rotina da casa. Pelo contrário.

Nesse ritmo eu crescia, quando, num sábado em que o imperador recebia o povo na varanda, a imperatriz me convidou para brincar na horta com suas filhas.

Inesquecível manhã ao ar livre.
De repente estou na horta, brincando com as infantas de cachos louros, sob os olhares vigilantes de suas damas de companhia.
Adianto que passei os melhores momentos da infância no parque da chácara imperial, sonhando acordada entre **as mangueiras e os tamarindeiros** das terras entre o paredão do Corcovado e o fundo da baía do Rio de Janeiro.
Nesse tempo, mais que agora, o mato rodeava a Quinta a que Pai Tino me conduzia por um atalho estreito e tortuoso.

Gostaria de descrever tudo em minúcias. Mas o tempo corre e pede pressa.

> **As mangueiras e os tamarindeiros** — a mangueira é nativa da Ásia e o tamarindeiro é da África. As duas árvores foram trazidas para o Brasil pelos portugueses, entre os séculos XVI e XVIII, e, na época desta história, já estavam aclimatadas no país. [3]

2. *De protetora a protegida*
Ou: da horta à biblioteca

— Cava aqui — Isabel me mandou como gente grande, e ela era uma criança pouco maior que eu (embora já devesse ser chamada de "dona", "princesa" ou "alteza").

Não esperei segunda ordem e cavei com os dedos o local indicado do terreno fofo, preparado para cultivo.

— Muito bem — aprovou a princesa. — Agora eu planto meu grão de feijão e pronto. Rápido — tornou. — Pega o regador e rega, senão não cresce.

Peguei pela alça o regador cheio, pesado demais para mim. No erguer, tropecei, caí e entornei a água toda.

— Que maçada… — reclamou Leopoldina, a irmã caçula, menos entusiasmada que a outra pelo plantio de hortaliças. — Vou ter de ir à bica encher de novo.

Naquela horta brinquei muito. Por volta dos cinco anos, todos os sábados. Lembro que ansiava a semana inteira por estar com as princesas em meio a mudas de cheiro-verde, sementes de abóbora, bulbos de cebolas, folhas de couve, vagens e verduras. Cada uma de nós tinha, ademais, seu próprio canteiro de violetas.

Sempre a nos vigiar, estavam Rosa e Maria Amália. A primeira cuidava de Isabel, a segunda, de Leopoldina. Um dia, Rosa, que Isabel tratava por *Minha Rosa*, comentou sem perceber que eu ouvia:

— Dão-se tão bem as três, não? Tirando a diferença de aspecto, passariam por amigas da mesma condição.

— Ah, sim — Maria Amália concordou —, dá gosto ver as altezas brincando com outras crianças. Vivem tão isoladas do mundo, tão no meio de adultos sisudos!

— Interessante como Rosário se diverte — continuou Rosa — sem esquecer o lugar dela, reparou?

— Apesar de ser a mais moça, comporta-se como a mais madura. Bem treinada, resultará em ótima aia para o Paço.

Meses depois, quem esqueceu o *lugar dela* foi a princesa mais velha, num sábado que me entristece lembrar, mas que acabou contribuindo para reforçar nossos laços e talvez justificar os favorecimentos que tive.

Apenas me viu chegando com o meu pai, anunciou, de regador em punho e rosto corado, parecendo dessas camponesas pintadas em louça fina:

— Vamos aumentar a roça. Vem, ajuda Leopoldina a revolver a terra praquele lado — apontou. — Enquanto isso, Amandinha e eu vamos regar as alfaces.

Referia-se à amiga que às vezes passava o fim de semana com elas.

— Não estou conseguindo — disse Leopoldina, batendo no solo com a picareta, e mal o esfolando com os golpes que dava.

— Ai, tudo eu tenho de ensinar! — virou Isabel com impaciência.

Testou o chão com a ferramenta de duas pontas e por fim admitiu, vencida:

— É duro mesmo, deve ter piçarra embaixo.

Determinada a quebrá-la a todo custo, levantou a picareta até atrás do ombro, momento em que escancarei a boca e Amandinha gritou desatinada:

— Meu olho! Meu olho, meu olho, meu olho!!!

Rosa atirou-se sobre o olho sangrando e o cobriu com o lenço de bolso. Maria Amália e Leopoldina saíram correndo em direção à varanda. Isabel, branca como flor de cambraia, caiu de quatro e engatinhou até se agarrar em mim como num galho salvador à beira do abismo. Meu pai, que ouvira o berreiro, acudiu. Pegou Amandinha no colo e disparou para a enfermaria.

O que fazia uma menina graúda pendurada noutra miúda? A bem dizer, eu não sabia. Só sabia que Isabel tremia

dos pés à cabeça e mal conseguia respirar, soluçando aos solavancos e com isso me sacudindo.

— Foi sem querer! Foi sem querer! — gritava me apertando e perguntando ofegante: — Perdeu o olho, perdeu?! Fala que não, Rosário, fala que não!!

— Não perdeu não — falei, tanto para obedecer-lhe quanto para me convencer.

Rosa veio e pediu que Isabel me soltasse.

— Não foi sua culpa — disse. — Foi um acidente.

Com algum esforço, desfez o abraço tenso.

— Foi um acidente. Vamos. Um chá de maracujá fará bem.

No chão da horta me sentei e fiquei esperando Pai Tino, que demorou a voltar. O temido ocorrera. Amandinha perdera o olho. Àquela altura, quem tremia de corpo inteiro era eu, abraçada ao pai como a um tronco que me impedisse de desmoronar.

Amandinha continuou amiga das princesas. Aceitou que perdera a visão de um olho devido a uma fatalidade. Quanto a mim, quando completei oito anos, comecei a ser treinada para o serviço da casa imperial.

Tinha de ajudar a criada Jacinta no trato de **urinóis**, bacias de higiene, bilhas de **água potável**, penteadeiras e escarradeiras da parte íntima do palácio. Ajudá-la, sobretudo, no asseio dos quartos das princesas. Antes de mais nada, perguntei:

— Água potável é a que fica em pote?

— Em pote ou não — virou Jacinta —, é a que vem de uma fonte bem limpa, pra quem beber não adoecer. — Aproveitando para se dar importância, acrescentou: — Ser criada das princesas não é pouca coisa. Vou te treinar porque a imperatriz te protege, sabia?

Fiz "sim" com a cabeça, porque, em verdade, sabia.

Aprendiz de criada da parte íntima do palácio, logo tive de distinguir urinol cheio de vazio. Escarradeiras limpas são belas peças de cerâmica esmaltada. Sujas de catarro, nem tanto. Água em bacia de porcelana, antes do banho do usuário, é límpida e transparente. Depois, é turva, verdosa, tem uns filamentos e umas bolinhas de

Urinóis – eram usados quando não existia rede de esgotos nas cidades. No Rio de Janeiro, os dejetos eram postos em tonéis, levados por escravos para um lugar de despejo: vala, rio ou mar aberto. Em 1853, o governo contratou uma empresa para instalar no Rio de Janeiro uma rede de esgotos: a primeira estação de tratamento, na Glória, foi inaugurada em 1864. [6: engenheiro]

Água potável – é a água boa para beber. Egípcios e indianos purificavam a água 2.000 anos antes da Era Comum; seus métodos foram adotados na Europa e originaram as técnicas modernas de tratamento da água. Mas no Brasil, bastava a água parecer limpa na fonte para ser considerada boa. No Rio de Janeiro, escravos pegavam água no rio Carioca e vendiam de porta em porta. No século XVII, foi feito o aqueduto que levou a água do rio Carioca para chafarizes e bicas públicas na cidade; só depois de 1870 é que a água começou a ser levada por canos até as casas. Os métodos de purificar a água chegaram ao Brasil nos últimos anos do século XIX. [14]

gordura boiando. Em casa de pessoas nobres, alguém que não pertença à nobreza tem de lavar tais utensílios e deixá-los prontos para uso.

Nessa fase, constatei que era um conforto e tanto dormir em cama de colchão macio e mosquiteiro à volta. No chão, em todo o caso, eu não corria o risco de cair. Jacinta e eu dormíamos sobre esteiras, ao pé da porta da antecâmara das princesas. A nosso alcance tínhamos fósforos, velas e mantas para as noites frias.

Ajudei Jacinta a cumprir suas tarefas durante um ano e meio. Aí, no que o Rio de Janeiro ganhou **iluminação** a gás, minha vida mudou de rumo. Isso porque as princesas me pegaram cantando uma toada que eu recém-ouvira na cozinha e que dizia:

> *Estamos no século das luzes,*
> *Não podemos duvidar.*
> *Anda gás por toda parte,*
> *Para nos alumiar.*
>
> *Só se fala em duas coisas,*
> *Mesmo em qualquer esquina:*
> *Canta mal a Casaloni,*
> *O gás virou lamparina.*

Iluminação – antigamente, a escuridão nas cidades só era cortada por lamparinas, velas e tochas postas nas fachadas de prédios. Na década de 1790, as ruas do Rio receberam lampiões a óleo. Em 1854, o Barão de Mauá construiu uma usina para produzir gás que distribuiu por canos pela cidade para alimentar lampiões. Parte da cantiga que Rosário ouviu é uma quadra publicada num jornal da época, zombando da luz fraca dos lampiões de gás. [15] [16]

Pois bem, certas de que eu tinha jeito para os versos, dali a pouco me fizeram repetir o número diante da imperatriz. Dias depois, fui transferida do serviço dos quartos para o da biblioteca.

3. *Será o Benedito? Ou: quem lê seus males espanta*

Dessa vez quem me treinou foi o Benedito: uma espécie de faz-tudo nascido nos arredores do Paço, filho de antigos escravos da casa real. Contava na época uns 13 anos. Era magro e espigado como meu pai, e prometia ser alto.

Benedito não perdeu tempo com rodeios:

— A função aqui — resumiu — é manter os livros sem traças.

Enquanto o ouvia, eu inspecionava o ambiente com o olhar tomado de assombro. Nunca vira antes tantos livros perfilados que nem soldados em estantes imponentes, abertas ou envidraçadas. A Pequena África não tinha disso.

— Pra alcançar as prateleiras de cima, basta subir na escada — explicou, mostrando que a escada era móvel e de fácil deslocamento.

Quanto à ordem dos livros, tinha de ser mantida.

— Não pegue em nenhum sem colocar de novo no lugar de onde tirou. Na hora de limpar, puxa um de cada vez pelo meio da lombada, limpa e bota de volta onde estava. Passa a flanela na capa e no corte aqui dos tomos, depois espana, folha a folha, com este pincel.

— Folha a folha?

— Por causa das traças. Mais uma coisa: quando a flanela ficar cinza, trata de descer, lavar, estender no varal, pegar outra sequinha e seguir espanando livro a livro. Terminou de limpar uma estante? É a vez de outra. Terminada a outra? Volta à primeira e começa tudo de novo. Mal uma parede de estantes fica limpa, a outra já tem poeira e insetos que entraram pelas janelas.

— A limpeza não termina nunca?

— Nunca — respondeu Benedito nu e cru, para acrescentar, cochichando: — Começa pelos livros que o imperador lia em pequeno. Combinam com tua idade. As gravuras são bonitas, e espanando sem pressa dá pra entender a história.

Sozinha na biblioteca, coloquei em prática as instruções do Benedito.

Na seção dos livros para crianças, peguei um tomo com imagens vistosas e espanei *sem pressa* cada gravura, deslizando o pincel pelos contornos do desenho e das legendas que o descreviam, atenta aos detalhes ínfimos.

Em questão de dias, "espanar sem pressa cada gravura" passou a significar contemplá-la com tamanha demora, acariciá-la tantas e pachorrentas vezes, que eu acabava espanando um tomo durante horas.

Com poucas semanas nesse emprego, dei razão a Benedito. Espanar livros de imagens, devagar que nem lesma, era como decifrar um texto.

Por remanchar os olhos nas ilustrações, uma a uma, acabei desvendando os segredos de **Barba Azul,** de *João e Maria*, de *Rapunzel* e mais personagens da coleção que o imperador lera em menino.

Num pequeno volume de capa vermelha, só de contemplar os desenhos, entendi por que a raposa de ar sonso bajulava um corvo que segurava no bico um pedaço de queijo. Queria se apoderar do queijo, isso sim. Ouvi a sonsa dizendo: "Bom dia, Senhor Corvo, como sois bonito!" Em outra página, entendi que a cigarra da imagem, de tanto cantar no verão, não tinha o que comer no inverno. "Quem mandou cantar em vez de trabalhar?", dizia a formiga em cuja porta a cigarra batera. "Agora dança, minha cara!"

A partir de um momento, além de ouvir a voz dos desenhos, comecei a ouvir a das letras. As letras nas páginas começaram a me falar, formando palavras que formavam

> **Barba Azul** – conto popular europeu coletado pelo escritor francês Charles Perrault. Os contos *João e Maria* e *Rapunzel* foram coletados pelos irmãos Grimm. [17: Perrault; irmãos Grimm]

frases, que formavam parágrafos, que formavam histórias.

Às vésperas de completar nove anos, ouvi uma página sem ilustração dizer: "Era uma vez..." Disse com todas as letras e me transportou para "há muito tempo, num país longínquo". Um dragão ameaçava os habitantes da região, e eu não estava adivinhando a história com base no desenho. Eu estava lendo.

Eu, Rosário, a quem Jacinta ensinara a lavar depressa urinóis e escarradeiras, aprendia com Benedito que devagar se vai ao longe.

A sala da biblioteca é onde o imperador gosta de se sentar para ler, pensar, estudar, folhear **periódicos** ou álbuns de fotografias que ele tira com um aparelho chamado daguerreótipo e coleciona.

Quando entrou e me viu ali pela primeira vez, eu sentava num banquinho em frente à seção de leituras próprias para jovens, por serem morais e educativas. Folheava um livro de imagens, esquecida de que largara no assoalho a flanela e o pincel espanador.

> **Periódicos** – era proibido publicar jornais e revistas no Brasil Colônia. Os primeiros jornais brasileiros foram a *Gazeta do Rio de Janeiro* e o *Correio Brasiliense*, lançados em 1808. A partir de 1821, começaram a ser publicados outros jornais, entre eles os da Imprensa Negra, que deu voz a escritores, jornalistas e outros intelectuais negros. Os jornais foram muito importantes para os movimentos pela independência, a abolição, a república e os direitos dos negros. [18]

Apanhada na malandragem, imaginei que seria despedida, ou que voltaria a encher moringas com água potável e a esvaziar bacias com água turva.

Em menos de um segundo, devolvi o livro à estante, apanhei o pano e o pincel no chão e ensaiei uma reverência cambeta.

— Continua, continua teu serviço — declarou o imperador, com certeza percebendo meu embaraço.

Sentou-se à mesa dos periódicos e pegou o que estava em cima da pilha.

Preocupada em não incomodá-lo, reinstalei-me no banquinho e retomei minha espanação. Passei a flanela em livros sem vestígio de poeira. Ventilei páginas sem rastros de traças. De vez em quando, arriscava espiar o governante de mãos pequenas e testa grande que lia absorto, sem se importar comigo nem me cobrar resultados, o que acabou por me deixar à vontade.

Meninas de nove anos gostam de lidar com livros? Eu gostei, embora não tivesse escolhido viver entre eles eu mesma. Gostei por gostar e por sentir que estava no lugar mais vantajoso possível para alguém

Engenhos e cafezais – desde o século XVI, a cana-de-açúcar foi muito importante na economia do Rio de Janeiro: a região tinha grandes fazendas com engenhos de açúcar, que era exportado pelo porto da cidade. Nos séculos XVIII e XIX, os cafezais em torno da cidade, na Serra do Mar e no vale do rio Paraíba fizeram do Rio o maior produtor do país por várias décadas. [12]

Forros – alforriados, libertos da escravidão. A carta de alforria era obtida por três meios: pagando o preço de um escravo (na época da alforria) em dinheiro, pagando em serviços (por um tempo determinado pelo senhor) ou de graça (quando o senhor ou senhora dava a alforria, ainda em vida ou em testamento). Esta última forma foi a mais comum no século XIX, quando os preços dos escravos subiram muito. Uma das atividades das irmandades religiosas de negros foi juntar recursos para comprar a alforria dos irmãos escravos. [3] [9] [10] [19]

de minha condição. Ignorar as péssimas condições da vida escrava nos **engenhos e cafezais** do império, só se eu fosse surda e cega. Ninguém na Pequena África ignorava, tampouco, que a maioria dos escravos **forros**, nas cidades, vivia na penúria ou de favores.

Então, querendo consolidar tal vantagem, consultei o Benedito:

— Devo sair da biblioteca quando o imperador ou a imperatriz entrarem?

— Não, a menos que te peçam.

— Quando os dois conversarem posso ouvir a conversa?

— Fica no teu canto e finge que és surda.

— Não devo nunca falar com eles?

— Quando falarem contigo, por que não?

— Às vezes penso que sou criança demais pra...

— A imperatriz quer mesmo uma menina da tua idade, curiosa e abelhuda, cuidando da sala onde as princesas vão ter aulas, em vez de na sala dos jogos depois do verão em Petrópolis. Pra impor respeito aos professores.

— Abelhuda, eu?

— Esperta, se preferes. Prestando atenção em tudo.

Segui espanando livros e com eles me enfronhando.

Pelo final do verão, estava debruçada sobre o livro de corte dourado que eu abrira sobre as coxas, quando ouço:

— Estás lendo, Rosário?

Empino a cabeça, sem conseguir de imediato responder. Aprendera a ler, no final das contas, roubando horas da limpeza que me cabia realizar sem trégua. Diante, porém, do olhar bondoso que me interrogava, não ousei mentir:

— Estava.

— Poderia ler em voz alta?

Preguei os olhos na linha que meu indicador marcava.

— *Alma minha gentil que te partiste, tão cedo desta vida descontente, repousa lá no céu eternamente e viva eu cá na Terra sempre triste.*

— Fantástico — murmurou o imperador que, não satisfeito, perguntou o que estava escrito no cabeçalho da página.

— Luís Vaz de Camões.

— Fantástico — repetiu consigo.

Afastou-se e deu uns passos na sala, cofiando a barba. Enquanto isso, eu não me mexia no banquinho. O medo de sofrer re-

> **Camões** – escritor português do século XVI que criou sonetos, peças teatrais e o famoso poema épico *Os Lusíadas*. [17: Luís de Camões]

presália me embaçava a vista. Tomada pela sensação de que mal enxergava, de repente, escuto:

— Pois segue lendo, segue...

Afiei a vista e recomecei:

— *Alma minha gentil...*

— Não em voz alta — atalhou o monarca, encaminhando-se para a porta. — Em silêncio como tens feito. Sempre que isso não prejudicar teus afazeres.

Com quem comentou o episódio, não sei. Sei que as princesas não tardaram a aparecer na sala, pedindo para eu ler trechos da obra que eu tinha em mão.

— Sabes ler! — exclamou Isabel, no fim da leitura. — Vim ver para crer!

— Bem que papai falou — emendou Leopoldina, acrescentando: — Mamãe vai te promover a bibliotecária.

— E o Benedito? — arrisquei, desconfortável com a ideia de lhe trazer prejuízo.

— Ganhou farda para acompanhar o cocheiro na carruagem. Além de que ajudará no gabinete de botânica. Trabalho para o Benedito não falta.

Já que era assim, subi os degraus da escada móvel e desempoeirei as revistas da última prateleira, bravateando no íntimo: "À breca, traças, brocas, cupins!" A perspectiva de ser bibliotecária injetou em mim uma tremenda vontade de deixar a biblioteca um brinco. Leria ainda, claro, sempre que estivesse sozinha. E estive pouco, adianto, com as princesas tendo aulas na biblioteca a maior parte do tempo. Em todo o caso, não reclamo. Enquanto espanava livros, pastas, revistas e o mais, assistia às mesmas aulas que elas, e posso dizer que frequentei, como ouvinte, o melhor colégio do meu tempo.

4. *Vivendo e aprendendo*
Ou: como fui à escola, sem ir

Assisti até a aulas que o próprio imperador ministrou — ele, que anos antes se encarregara de alfabetizar pessoalmente as filhas e de lhes transmitir o conhecimento das operações elementares de aritmética.

Era de ver como retomava com gosto lições e exercícios, até se certificar do proveito das alunas. Ao ponto de confessar, no meio de uma explicação, que se não fosse imperador, gostaria de ser professor.

Lia com regularidade textos escritos por grandes escritores da língua portuguesa. Nessa leitura, era interrompido sempre que se impunha esclarecer o sentido de palavras que as filhas desconheciam e, eu, ainda mais. Por isso, eu torcia para que o interrompessem bastante. Quanto mais frequentes as interrupções, mais eu aprendia e compreendia o autor. Se isso é ser abelhuda, não posso negar que fui e sou.

Só que, no longo prazo, o imperador não podia arcar sozinho com a instrução da herdeira do trono e de sua irmã, segunda na linha de sucessão. Mesmo que o desejasse, não dispunha de tempo suficiente para isso. Todas as tardes, depois do almoço que ele comia às pressas, tinha de vistoriar algum quartel, algum navio ancorado no porto, alguma ala de hospital. Dia sim, dia não, assistia a palestras e exames preparatórios em academias e instituições de ensino. À noite, procurava marcar presença em teatros, concertos, bailes e jantares.

Tivesse tempo de sobra, não teria condições pessoais de atender ao programa de estudos que estipulou para as filhas, e que abrangia português, francês, inglês, alemão, latim e respectivas literaturas; história mundial e do Brasil; geografia nacional e universal; matemática, física, química, mineralogia, geologia, cristalografia, filosofia, música, desenho e dança.

Cobrir esse leque de matérias exigia a contratação de especialistas. Do nível dos que lecionavam no Imperial Colégio Dom Pedro II, estabelecimento que, por ironia, não formava meninas, apenas meninos. Meninos da classe dirigente, futuros líderes do país. Sendo necessário proporcionar às princesas uma instrução à altura daquela que os futuros líderes recebiam, a solução foi trazer ao Paço os melhores professores da cidade.

Vieram, portanto, dar aulas na biblioteca que eu espanava: o Doutor **Guilherme Capanema**, professor de ciências e de alemão, que era doutor pela sabedoria, não por ser médico; o padre Neville, professor de inglês; Frei José de Santa Maria, autoridade em latim e filosofia; o Visconde de Sapucaí, versado em história; o escritor **Joaquim Manuel de Macedo**, perito em português e redação. Os desenhos, anatômico e geométrico, ficaram a cargo do senhor Marciano. Solfejo e canto recaíram sobre os músicos Beviláqua e Pinzarrone. Para as aulas de dança, convocou-se o Jules Toussaint, que trouxera da França uma companhia inteira de balé. Ouvindo essa equipe, repito, frequentei de quebra uma escola excelente.

Espero que, um dia, o tal Colégio Pedro II aceite alunas nas turmas. Ou que, pelo menos, as meninas da nossa classe dirigente possam ter mais acesso ao saber do que têm hoje, em que se despreza a educação das mulheres. O que sabem as sinhás-donas de hoje? Além de ler, escrever, bordar, tocar

Guilherme Capanema – engenheiro e professor da Escola Militar, implantou a telegrafia elétrica no Brasil a partir de 1852. Instalou várias linhas na cidade do Rio de Janeiro, uma em Niterói e uma do Rio a Petrópolis, ligando prédios do governo e militares; e, em 1866, instalou uma linha do Rio de Janeiro até Porto Alegre, interligando os portos do litoral sul. [20]

Joaquim Manuel de Macedo – médico, professor e escritor carioca do século XIX. Entre suas obras está *A Moreninha*, que conta a história de um rapaz namorador que se apaixona por uma moça que não cai na sua lábia. [17: Joaquim Manuel de Macedo)

piano, valsar, compor arranjos florais? Acaso sabem lidar com números? O bastante para controlar gastos, conferir mantimentos, contar escravos, e olhe lá... Insisto nesse ponto para salientar que o ensino dado às princesas, inimaginável para alguém como eu, mesmo no contexto das sinhás-donas, era raro entre nós, e continua sendo.

Ouvi, por então, o imperador comentar com a imperatriz:
— A formação intelectual de nossas filhas deve se equiparar à oferecida aos homens, e homens preparados para dirigir um império.
A questão era impedir que homens, quaisquer que fossem, ficassem a sós com as princesas ou comigo, que começava a tomar corpo, depreendi.
— Por mais doutos e corretos que sejam os luminares que contratamos, não os quero a sós com as meninas. Precisamos de alguém que os supervisione quanto ao que ensinam e como ensinam.
— As aias das meninas têm olhos e ouvidos — lembrou a imperatriz.
— Mas não primam pela erudição — ironizou o marido. — Precisamos de uma governanta instruída.
— Seja, mas vamos ter choradeira — antecipou a imperatriz. — Isabel é muito apegada a Rosa, e Leopoldina, a Maria Amália.

— Lamento. Crescer é ter de superar etapas — tornou o imperador. — Com todo o respeito que as aias merecem, não abrem um livro, fora o missal.

— Decidido, então — fechou a imperatriz. — Contratemos a tal condessa que nos foi recomendada. Vai morar no Paço?

— Com entrada separada e refeições no quarto.

— Aceita não receber visitas nem cultivar passatempos próprios entre sete da manhã e nove da noite de segunda a sábado?

— Plenamente.

— Nesse caso, vou comunicar às meninas.

Nunca mais vi *Minha Rosa* e Maria Amália.

Vejo, sim, como se fosse agora, a condessa entrando e me cumprimentando, seguida do imperador. Sentam-se à mesa dos mapas, sobre a qual paira, numa peanha, a bola azul do globo terrestre. A condessa balança a cabeça, inspecionando a sala.

— Bela biblioteca — declara, anexando: — Quanto alimento para o espírito!

O imperador descontrai a expressão, orgulhoso do acervo que possui e busca aumentar com novas aquisições, sempre que a oportunidade surge. Ao cabo de um instante, reassume o ar sério e pigarreia, antes de falar:

— Tenho em mente que Isabel e Leopoldina observem os seguintes hábitos — faz uma pausa, prossegue: — Acordar às sete horas, no inverno, e às seis, no verão. Assistir à missa na capela e tomar o pequeno-almoço em tempo de estar na biblioteca às nove. As aulas obedecem aos horários no papel que lhe remeti. Ao meio-dia, repassem temas e leituras da manhã. Descansem antes e depois do almoço, servido entre uma e duas. O descanso após a refeição pode ser maior ou menor, dependendo do calor. O final da tarde e o começo da noite serão reservados aos deveres escritos e aos debates que porventura suscitarem. Peço que mantenha com minhas filhas colóquios de elevada qualidade moral e informativa. Ceamos a um quarto para as nove. A um quarto para as dez, quero que as meninas estejam deitadas para dormir. Alguma pergunta?

— Recreios...? — arrisca a condessa preguendo a testa.

— Boa lembrança. Brincar ou receber amigas em período de estudo, somente nos domingos e dias santos. Antes que me esqueça: nas festas nacionais, faça-as ler qualquer coisa de teor pátrio.

O silêncio que se instaura põe em evidência meus golpes de flanela em alguns fascículos. A condessa o rompe, dizendo:

— Caso desobedeçam, posso repreendê-las?

— Com castigos suaves — responde o imperador, ao fim de um vacilo. — Mande-as para o quarto ou prive-as de sobremesa, por exemplo.

A perspectiva de ter a condessa de segunda a sábado na biblioteca me deixou insegura. Ciente de que era, agora, a contratada de maior representação no Paço, podendo intervir na educação das princesas e privá-las de sobremesa, temi pelo meu cargo de espanadeira. Tanto que me determinei a agradá-la.

O sorriso que ela me dirigira na véspera tinha de ser correspondido, pensei comigo, recebendo-a com o sorriso nos lábios.

— *Bonjour* — cumprimentou-me, amável.

A saudação inusitada me pegou de surpresa. Embatuquei. A duras penas continuei sorrindo. Nisso entram Isabel e Leopoldina que, a modo de escopetas sincronizadas, atiram *bonjour* na condessa, daí me assestam com prazer:

— *Bonjour*, Rosário.

Não tenho dúvida, revido conforme ouço:

— *Bonjour*.

— A senhora viu como Rosário aprende fácil? — despeja Isabel na condessa, que concorda com a cabeça e aproveita para lembrar:

— *Parlez français*, Isabel.

O imperador incumbira a condessa de forçar as princesas a falar francês, língua das relações internacionais.

Bonjour – bom dia (francês).

Parlez français – fale francês (francês).

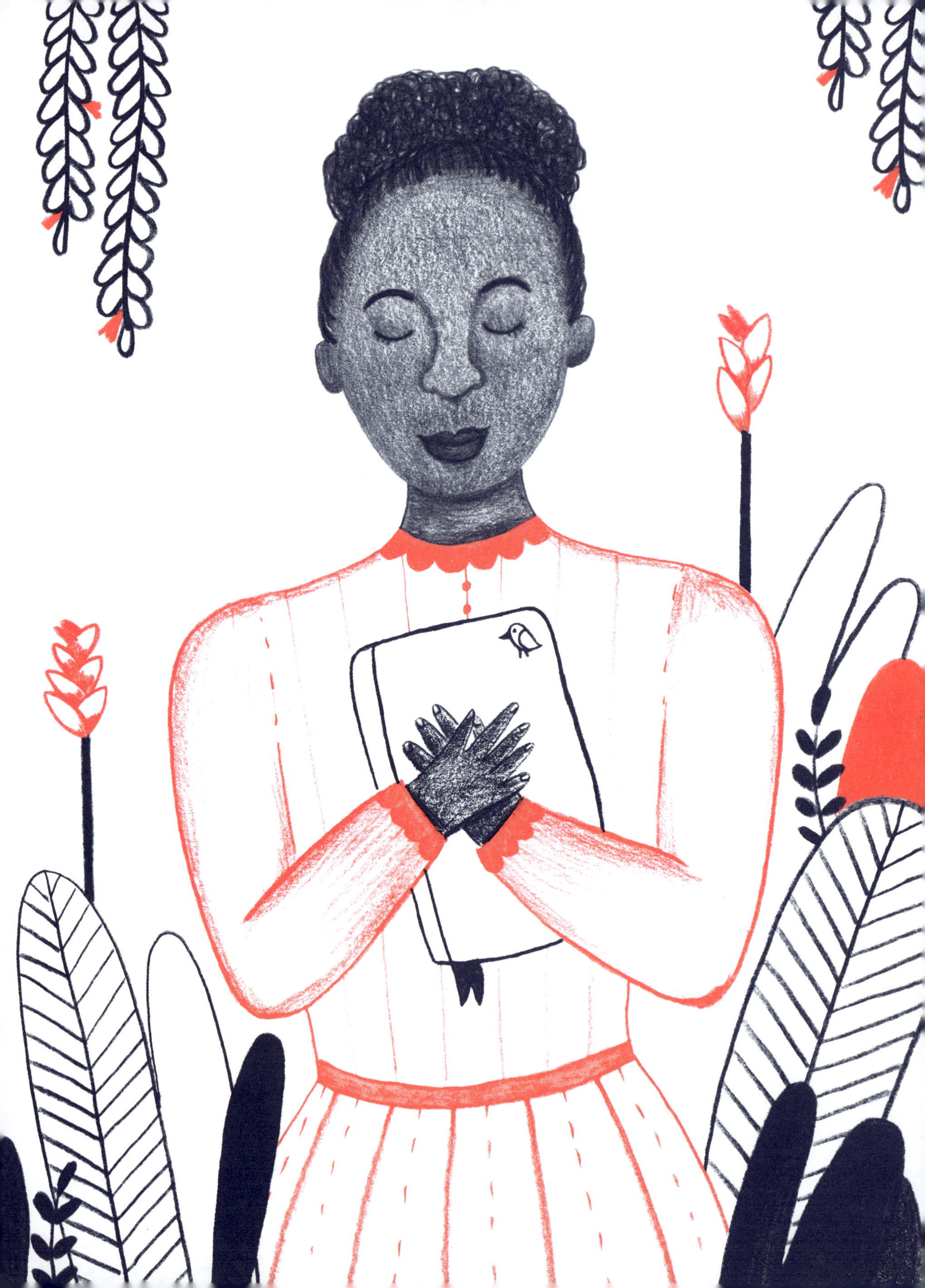

5. *O código decifrado*
Ou: o segredo mantido

Jamais esquecerei o sentimento de exclusão que experimentei com aqueles primeiros *bonjours*. Com o linguajar opaco, cheio de erres arranhadíssimos, que a seguir escutei. Depois do impacto inicial, impliquei com a novidade que desafiava meu entendimento e me afastava das que conversavam perto de mim.

Achei que falarem a língua das relações internacionais, nas minhas barbas, era no mínimo indelicado, considerando que eu só falava português. Em francês, as três poderiam me maldar sem que eu soubesse, pensei tristonha e ofendida.

Vale que o ressentimento não vingou, pois em contato com a condessa poliglota recobrei noção do meu lugar. Eu era a reles espanadora dos livros do Paço imperial. A espanadora mais bem tratada do império, por sinal. Se a moda na sala que eu espanava era *bonjour*, aqui, *bonjour*, ali, não me cabia protestar. Apenas me adaptar às circunstâncias sem mudar meu trem de vida.

Vira e mexe nas estantes, esbarrei nas *Fábulas* de **La Fontaine** em edição bilíngue, francês-português. O que fiz? Comecei pelas fábulas curtas e cotejei verso a verso o original e a tradução. Fui juntando, depois, o escrito em francês com os sons que a condessa e as princesas emitiam de mais a mais ao meu redor.

O *bonsuar*, que falavam à noitinha, escrevia-se *bonsoir* e significava "boa-noite". *Merci* equivalia a "obrigado" ou "obrigada", dependendo de quem agradecia, se homem ou mulher. Uma frase que pela pronúncia de Leopoldina eu decifrava como "não comprou a pá" escrevia-se *ne comprends pas,* e queria dizer "não compreendo". De ouvir francês todos os dias, e esmiuçá-lo nos compêndios, meu entendimento dessa língua foi ficando razoável. Falar? Umas quantas palavras. Como o *très joli* que deixei escapar quando a condessa prendeu na gola do vestido um cravo vermelho que lhe assentou à maravilha, e ela, em vez de me repreender pela liberdade que tomei, simplesmente disse *merci*.

La Fontaine – escritor francês do século XVII que publicou uma coleção de fábulas com lições de moral. [17: Jean de la Fontaine]

Très joli – muito bonito (francês).

A condessa é assim mesmo: honesta, polida, culta. Ao perceber que eu entendia francês, não se abalou. Pareceu até gostar, sendo a favor do fim da escravidão e da ignorância das mulheres no Brasil. Contava que na Inglaterra, país que conhecia como a palma da mão, o comércio de seres humanos era proibido, por ser uma prática abominável e contrária aos princípios das nações civilizadas.

A propósito da Inglaterra, esclareço que sou uma nulidade em inglês, como, aliás, em alemão, diferente do francês que eu escutava bem mais. Das aulas do padre Neville, pouco assimilei, além do infalível *it's a glorious day*. Das do Doutor Guilherme Capanema, recordo apenas os *achtung* que ele espirrava a todo instante.

> *It's a glorious day* – está um dia glorioso (inglês).
>
> *Achtung* – atenção (alemão).

As aulas de português e redação eram de longe minhas prediletas. Esperava por elas com a mesma ansiedade com que esperara, em pequena, para brincar na horta.

Adorava a maneira como o Joaquim Manuel de Macedo se expressava. Além disso, as leituras que ele indicava às princesas me estimulavam a tirar proveito, nos momentos de folga, da biblioteca de que eu cuidava.

Era mestre em evocar situações imaginárias. Uma vez, eu lustrava o assoalho de madeira, calçando nos pés chinelonas de feltro, quando ele propôs às princesas:

— Imaginem-se ao parapeito da janela, contemplando a rua.

— Moça em parapeito de janela fica mal falada — observou Leopoldina. — Isabel e eu somos princesas, não podemos sonhar com isso.

— Podem, sim senhoras, sonhar e imaginar à vontade — rebateu o Macedo. — Nas asas da imaginação, as princesas se abancam em qualquer peitoril ou balaustrada, sem ter de dar satisfações a ninguém; entram em qualquer cabana sem que as reconheçam; vão às lojas no anonimato; saem por aí sem acompanhantes. Exploram selvas, oceanos, montanhas...

— Invisíveis e poderosas como Deus — completou Isabel.

— Ou como quem cria romances, novelas e contos — juntou o Macedo, graças a quem viajei incógnita pelas terras de **Trancoso**, dos **Cavaleiros da Távola Redonda** e de **Dom Quixote de la Mancha**.

Trancoso – escritor português do século XVI que coletou contos e provérbios da tradição oral portuguesa da Idade Média, publicados por ele com o título *Contos e histórias de proveito e exemplo*. [17: Gonçalo Fernandes Trancoso]

Cavaleiros da Távola Redonda – eram os nobres vassalos do rei Artur nas lendas inglesas. Artur mandou fazer uma mesa (távola) redonda para que nenhum se achasse mais importante que os outros pelo lugar em que sentava. [17: Cavaleiros da Távola Redonda]

Dom Quixote de la Mancha – é uma paródia dos romances de cavalaria, escrita por Miguel de Cervantes (1547-1616). Dom Quixote é um senhor que enlouquece, de tanto ler livros sobre cavaleiros andantes, e sai pelos arredores da aldeia armando confusões. [17: Dom Quixote]

Não se envergonhava de consultar o "chaveiro dos sentidos", como ele chamava o dicionário, nem de gostar de histórias de amor.

Sem querer ser ingrata com os demais professores, que nunca me destrataram, ele foi o único que me deu atenção.

— O que quer dizer *autodidata*? — pergunta o Macedo.

Isabel me aponta e diz:

— Alguém como Rosário, que aprendeu a ler sozinha.

— Recita, recita para ele acreditar! — vira-se para mim Leopoldina.

O olhar da condessa me autoriza. Recito *Alma minha gentil que te partiste, tão cedo desta vida descontente.* Quando termino, Macedo bate palmas.

O gongo soa, chamando condessa e alunas para o almoço. O sol brilha, a pino.

Macedo reúne os papéis espalhados na mesa e os guarda na maleta de couro. Não se retira, porém. Mergulha no tinteiro uma pena disponível e rabisca algo. Em seguida vem para mim, um braço atrás das costas, os olhos sem expressão particular. A um passo de onde me sento, traz para a frente o braço que ia oculto e me entrega um livro.

— Toma, é teu.

— Não sei se posso aceitar…

— Quem aprendeu a ler em segredo saberá manter este segredo.

Sem mais, parte de maleta na mão.

Quando percebo, estou a apertar contra o peito um exemplar de *A Moreninha*, romance que o Macedo escreveu e que eu espero continue vivo no futuro dos que me leem. Na folha de rosto, sobressai em tinta nova manuscrita: *Para Rosário* e a assinatura do autor. Subo depressa na escada móvel e escondo o livro no topo da estante, embaixo de uns catálogos que nunca vi consultados.

Não contei a ninguém que um dos livros na biblioteca do imperador me pertencia, por declaração e firma do autor. Receava colocar minha vida boa em risco.

Não que espanar livros entre quatro paredes seja ocupação invejável para muita gente. Quando se pensa em vida boa, pensa-se numa em que as ocupações variem. Ninguém, afinal, vive só de livros, por mais que os ame. Nem eu vivi só deles, concluirá quem se dispuser a dar comigo um giro pela Quinta da Boa Vista.

6. Um giro pelo palácio

Ou: teatro, festas e férias

Domingo o parque é aberto ao público. Quem aprecia a natureza pode passear à vontade por suas trilhas e alamedas. Não é preciso ter relações de serviço, amizade ou parentesco com os donos.

Se a viagem do centro da cidade a São Cristóvão cansou o cavalo, deixa-o pastando junto à lagoinha da entrada e segue caminho à sombra do arvoredo.

Observa com calma as mangueiras, os tamarindeiros, os salgueiros-chorões, as moitas de samambaias que pendem dos troncos. Aspira o ar fresco.

Na praça contida por muros de arrimo, contempla os cimos que contornam a baía do Rio de Janeiro. No lado oposto e bem próximo, temos a **floresta da Tijuca** que as embaúbas pespontam de prateado. À esquerda de quem chega, o maciço do Corcovado espeta o céu, velando o entorno como um pastor gigante.

Admira o palácio de janelas retangulares debruadas de faixas brancas.

Vem pela área dos fundos, onde os criados descansam entre tarefas. Entra na cozinha. O cheiro do café torrado combina com o do bolo morno, recém-saído do forno. Prova um pedaço. Não só de livros se vive.

Floresta da Tijuca – é uma reserva florestal no bairro do Alto da Boa Vista, no Rio de Janeiro. A partir do fim do século XVIII, a área foi desmatada para plantar café, e os rios que forneciam água à cidade começaram a secar. Por ordem do imperador, o maciço da Tijuca começou a ser reflorestado em 1861, sob a direção de Manoel Gomes Archer e Thomás Nogueira da Gama, que, ao longo de 25 anos, fizeram plantar cerca de 100.000 mudas de árvores. [7]

Atravessa o pátio, os salões e os vestíbulos que levam à biblioteca. Percorro-os diariamente, atenta aos belos quadros do Araújo Porto Alegre que enfeitam as paredes; bem como ouvindo a voz maviosa da imperatriz, que não raro canta ou solfeja.

No andar superior, a galeria dos vidros domina a praça pavimentada e o parque abaixo. Os longes da baía ficam a um palmo do nariz, através da luneta de alcance com que o imperador estuda o céu, à noite. Demorei anos para espiar pelo buraco desse canudo metálico que um tripé sustentava em frente à janela central da galeria, e para verificar se, de fato, suas lentes de aumento nos punham na Lua, como afiançavam as princesas.

Quem entra no palácio tem de visitar a sala do trono, que o arquiteto Bragaldi decorou com luxo. Eu nunca vi nada de tão bonito. Também merece uma olhada a sala do teatrinho, onde as princesas apresentavam peças que elas mesmas escreviam e interpretavam. Já na época em que eu ajudava Jacinta, faziam questão de me convidar para as apresentações, seguidas de festinhas cheias de guloseimas.

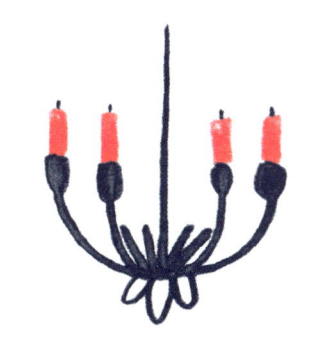

> **Museu** – no século XV, a descoberta de novos mundos despertou a curiosidade dos europeus e criou uma nova mania entre os nobres e ricos: montar "gabinetes de curiosidades" com coleções de plantas, animais, pedras e objetos de lugares distantes. A família real luso-brasileira trouxe o costume para cá, e sua coleção formou parte do acervo do Museu Nacional (leia mais no boxe sobre o Paço de São Cristóvão). [8] [21]

Pontos importantes são também o **museu**, onde o imperador coleciona objetos curiosos de diversas partes do mundo; e o gabinete de botânica, onde ele preserva amostras de plantas, flores, frutas e sementes tropicais. O museu tem desde penachos de índios a blocos de cristal; de aves empalhadas a aranhas guardadas em solução de formol; de borboletas azuis a esqueletos medonhos; inúmeras raridades que, ora com nojo, ora com encanto, eu me detinha a examinar.

Não parta sem provar na cozinha o arroz-doce da ceia.

Então? Que tal o giro pela Quinta da Boa Vista? Da boa vista para os olhos, da boa comida para o estômago, da boa pintura nas paredes, da boa voz solfejando, das boas princesas, do bom teatrinho, das boas festinhas, do bom museu? Tudo isso me vem à mente, quando qualifico de "boa" a vida que eu tinha e não queria perder.

A respeito da comida, não pretendo comparar os pratos que me davam com os servidos na sala de jantar a convivas de medalhas no peito ou filós no cabelo. Sei que minhas refeições muitas vezes consistiam de sobras da mesa dos senhores da casa. Acontece que adoro café com bolo de fubá, feijoada e canja de galinha. Se essa era a alimentação dos criados, nem por isso me desagradava ou me faltava em quantidade.

Quanto à música, nas manhãs que se arrastavam monótonas, bastava a imperatriz cantar em italiano para me transportar a Nápoles, sua terra natal, que eu conhecia de álbuns de imagens e das descrições que a ouvia fazer para as filhas.

Em outras ocasiões, o calor abafado prostrava, quando, de repente, tocarem ao piano **Bach**, **Mozart** ou **Beethoven** bastava para me pôr nas temperaturas frias da Áustria e da Alemanha.

Bach, Mozart e Beethoven – compositores europeus famosos. O alemão Bach (1685-1750) foi cantor e organista de igreja, músico da corte e maestro. O austríaco Mozart (1756-1791) foi criança-prodígio como pianista, e músico da corte. O alemão Beethoven (1770-1827) foi maestro de igreja e pianista. [17: Bach; Beethoven; Mozart]

No teatrinho que o imperador mandou construir para as princesas se distraírem, protegidas dos comentários públicos, das intrigas e da agitação social, as peças e mímicas que elas encenavam se destinavam aos da casa ou a um pequeno grupo de amigas próximas, como Amandinha.

Nessas ocasiões, eu era chamada na biblioteca para ir compor a plateia, que, do contrário, poderia contar apenas com a presença da imperatriz e da condessa.

Durante as apresentações, se eu ficava séria na hora de rir, ou ria na hora de ficar séria, as atrizes no palco mandavam: "É hora de rir, Rosário!", ou: "É hora de chorar!" De maneira que, rindo e chorando por encomenda, eu não só me divertia com a peça como representava uma parte nela.

Na sala do teatrinho apresentou-se, um dia, o mágico alemão *herr* Alexander, que, diante dos meus olhos embasbacados, transformou água em leite sem tocar no copo em que a água estava. Ao simples cobrir o copo por meio segundo com um guardanapo, conseguiu que a água virasse leite como por milagre. A manobra pasmou Isabel a tal ponto que ela não se conteve e perguntou:

— Como é que o senhor faz?

O mágico não explicou. Puxou uns pombos de dentro da casaca, uma série de lenços da bengala, uns ovos da cartola e continuou desafiando nossa inteligência com truques de baralho. Num peteleco, extraiu

Herr — senhor (alemão).

um coringa da prega do vestido de Leopoldina, que sussurrou descrente:

— Tem de ter uma explicação...

Dirigindo-se a mim, *herr* Alexander pediu que eu esticasse os braços para a frente com ambas as palmas abertas para cima. Obedeci. Ele aí espalmou as próprias mãos e as revirou no ar, a fim de mostrar que estavam vazias. Quando isso ficou claro para a audiência, pronunciou um *abracadabra* sonoro, realçado por gestos dramáticos, e me tirou duas moedas dos punhos da blusa.

— Ah, hã! Escondendo *dinheirrro*! — soltou o bruxo de sotaque carregado.

— Juro que não! — defendi-me com um ímpeto que provocou risada geral.

Em matéria de festa, a de São João batia todas. Uma semana antes, eu saía da biblioteca e ia para a sala do teatrinho ajudar as princesas a cortar bandeirinhas de papel colorido e a pregá-las com cola de farinha em fios de barbante que o Benedito estendia sobre a praça e as alamedas da Quinta.

No horário do lusco-fusco, os lampiões bruxuleavam e as fogueiras crepitavam, amenizando o frio de junho. Quando a escuridão se impunha, as fogueiras pareciam lareiras acesas em salões aconchegantes. À luz trêmula das chamas, circulavam famílias das redondezas, criados, guardas, Amandinha, condessa, família imperial e ninguém menos do que meu pai pulando fogueira.

Nessa noite, até o imperador pulava por sobre monturos de toras vermelhas, desprendendo fagulhas. Apesar do peso e dos anos, pulava como criança. Por que não? Se ali não havia políticos nem ministros para censurá-lo?

As princesas organizavam jogos de prendas, chamuscavam batata-doce nas labaredas, soltavam fogos que brilhavam fugazes como estrelas cadentes. As duas vibravam a cada minuto que ultrapassavam, acordadas, o horário sagrado de irem dormir.

Longe dos círculos que o fogo clareava, o parque era um breu sem contornos. Eu corria, brincando de pique-pega. Corria por onde a penumbra momentânea estabelecia fronteira com a treva. Corria, creio, para mexer mais as pernas do que os braços.

Pai Tino não ia embora enquanto houvesse um graveto queimando. Dizia que nas savanas da Grande África seu pai costumava acender fogueira, a fim de meditar olhando para ela, até as brasas apagarem.

Nas férias de verão, minha vida chegava a ser ótima.

Não que eu tirasse férias, pois criados e escravos só podem cruzar os braços, por dias seguidos, quando adoecem ou morrem. Quem tirava era a família imperial, que passava o verão no palácio de Petrópolis, pequena cidade no alto da serra, cujo clima fresco não estimula a febre amarela como o da baixada fluminense.

Nesse período, o palácio de São Cristóvão fechava atendimento. Suspendiam-se aulas, audiências, cerimônias, beija-mão na varanda, beija-mão na sala do trono. Não se viam ordenanças indo ou vindo da cidade com mensagens. Os criados trabalhavam muito menos, e com isso se sentiam um pouco de férias também.

Jacinta, então, não tinha escarradeiras e urinóis para limpar. Suas funções se resumiam a pouco mais do que abrir janelas de manhã, para ventilar os quartos, e fechá-las de tarde, para os mosquitos não entrarem. No meu caso, sobrava tempo para ler, esquecida de panos de pó e espanadores.

Na ausência dos patrões, reli *A Moreninha* numa manhã. Reli de enfiada, não ao pinga-pinga, entre uma espanada e outra. Quando terminei a leitura, desci à cozinha e remanchei almoçando o quanto pude. Nesse aspecto, sou diferente do imperador, que engole o almoço como se fosse tirar o pai da forca. Mastigo devagar cada colherada, para assim a refeição durar mais.

Remanchei, dizia, e como folga e devaneios se puxam, que nem roda e carroça, eis que me vejo, de repente, à cabeceira da mesa de jantar, sendo atendida no lava-dedos pelas princesas em aventais de algodão. Atrás de mim, a postos como manda o figurino, o imperador é meu mordomo barbudo; a condessa, minha mucama poliglota; a imperatriz, minha dama de companhia.

Quem não sonha com castelos na Espanha? Eu, joão-ninguém, todo mundo, afirma La Fontaine na moral de uma fábula. Agora, por sonhar em comandar palácios, não pensem que me esquecesse da Pequena África.

Nem que quisesse esquecê-la. Todo sábado a Pequena África vinha ao Paço beijar a mão do imperador e receber donativos da imperatriz. Saindo do beija-mão, meu pai se encontrava comigo pela horta ou pelos tanques. Ao me abraçar, dizia: "Toque nesses ossos, que o amor é nosso, não dou dinheiro porque não posso!"

Além disso, desde que passei a dormir junto à antecâmara das princesas, eu o visitava um domingo ao mês. Mesmo se, com o tempo, achava penoso andar pelas ruelas pobres da Pequena África, eu ia lá, pela alegria de estar com o pai e com gente que me dava importância. Mal despontava no arrabalde, a meninada acorria pedindo beijos, como se eu fosse um bom-bocado ou algo assim. Jovens, velhos, conhecidos ou desconhecidos com os quais cruzava caminho, todos me saudavam. Uns cabeceavam a sorrir, outros sorriam e acenavam, a maioria sorria, acenava e me dirigia uma palavra amável. Aí, sempre me impressionava que pessoas descalças, maltrapilhas e desprovidas de confortos me vissem de botinas e de uniforme asseado e me desejassem sem inveja: "Deus lhe acrescente!"

7. Se não é o Benedito!
Ou: entre o batuque e a valsa

Num domingo de verão, eu acabava de tomar a bênção do meu pai, pronta a voltar para o palácio, quando Benedito assoma à porta do casebre e me pergunta:

— Não vem ao batuque?

— Não posso voltar no escuro — hesito —, é perigoso.

— Volto contigo antes que escureça, ora.

Meu pai não vê problema, enquanto o céu estiver claro. Estamos em época de recesso, afinal. De maneira que vamos, os três, até a arena onde o batuque ferve.

Homens de torsos nus batem em tambores e pandeiros. Mulheres de babados nas saias e turbantes na cabeça requebram no ritmo do baticum. No centro do círculo que elas formam, Jacinta dança com um molejo miúdo de pés e quadris.

— Entra na roda, Rosário!

Entro com Pai Tino, ambos gingando na cadência dos tambores.

Benedito revolve os ombros como se azeitasse as juntas, gira o corpo sobre os calcanhares, pula, avança, recua, estaca, trança e destrança as pernas com gestos rasgados. A ginga me deixa boba.

Volto à Quinta com o céu diáfano ainda, Benedito me acompanhando. Sinto o coração impregnado do batuque que se entranhou em mim.

Às vezes me pergunto como as pessoas dançarão daqui a 100, 200 anos. Aos pares, sozinhos, em fila, de mãos dadas?

A respeito de hoje, afirmo com segurança: as danças dos que andam aos trapos são mais livres e originais que as dos bem vestidos. Os maltrapilhos dançam soltos e ao som de instrumentos que eles mesmos fabricam. Os bem vestidos seguem regras e instrumentos fabricados em outros países. Num batuque ninguém reclama de dançar de calça puída ou pé no chão. A tristeza de não ter sapatos desaparece, como por um peteleco de *herr* Alexander. Pai Tino até cantarola uma toada que diz:

> *O batuque veio ao mundo*
> *Para amparo da pobreza.*
> *Quando danço num batuque,*
> *Não me importo com a riqueza.*

Os que dançam em trajes suntuosos acham feio rebolar. Passos bonitos, na opinião deles, são os da valsa e da **quadrilha**. Acontece que nem valsar o imperador deixava as filhas. Quando comecei a participar dos batuques na Pequena África, as pobres princesas nunca tinham ido a uma festa dançar.

Recebiam aulas de balé com o Jules Toussaint. Mas, valsar que é bom, apenas de

---

Quadrilha – originada de antigas danças campestres, surgiu, no século XIX, como dança de salão da aristocracia europeia, em que pares de dançarinos executam uma série de coreografias. No Brasil, tornou-se a dança típica das festas juninas. [3]

farra entre elas e Amandinha. Nunca com um um jovem parceiro do sexo oposto, ainda que principesco. Se dissessem ao imperador que desperdiçavam a flor da idade, ouviam de volta:

— Ser princesa tem um preço.

Nada de movimentos que lembrassem os do batuque ou parecessem provocantes. As umbigadas que o Benedito dava, arqueando as costas e estufando a pança naquela que dançasse com ele? Só se quisessem cair em desgraça e matar os pais de desgosto.

Foi por aí que eu suspeitei da amizade do Benedito. Sempre me olhou, em verdade, como se eu fosse uma ave rara. Só que, agora, com pretensões de me enjaular. Umbigadas no batuque, tudo bem. Fazia parte da dança. Mas se atrever a me piscar o olho e soprar beijos era um atrevimento que me obrigava a desviar o rosto para o lado, resmungando azeda:

— Ih, Benedito, para com isso...

Não contente em ignorar meus foras, pela altura da semana das festas da independência do Império, só me aparece na biblioteca metido na farda de botões dourados, própria para sentar, em ocasiões solenes, junto ao cocheiro, na carruagem.

— Que tal? — indaga se apontando.

— Que tal o quê? — desconverso.

— Estou bonito? — insiste, patético.

— A farda ajuda qualquer um — digo, ao que ele se encolhe e some.

Era respeitador. Tinha de ser. Ou não seria criado de confiança de palácio nenhum. Aliás, tirando não ler nem entender francês, Benedito sempre soube se comportar nos lugares. Era sério no trabalho, e, no batuque, ladino como convinha.

Podia ser meu namorado. Pai Tino o apreciava e talvez não se importasse que eu namorasse aos 13 anos. Quem se importava era eu mesma. Tinha dificuldade de conciliar sua figura de carne e osso com a do príncipe dos meus sonhos.

Naquela fase, o esboço de um ideal masculino começava a se delinear para mim. Tinha porte de príncipe e me amaria para sempre. Era um tipo dotado de uma beleza vaga, que mudava de sonho a sonho. Mas nunca o vira dançar dando umbigadas.

Confesso que a ideia de namorar na condição de criada de palácio me assustava. Pular das nuvens para o chão prometia machucar. De modo que eu adiava o momento de saltar, afugentando o Benedito.

Além disso, à medida que relia *A Moreninha* e os romances que o Macedo indicava, sonhava em poder discuti-los com quem se candidatasse a meu afeto.

Era razoável sonhar com um namorado que lesse os romances que eu admirava? Queria eu ser o que não era? Acaso me esquecia de onde eu vinha e aonde tinha direito de ir? As indagações que eu me fazia já indicavam que era mais fácil viver nas nuvens do que no chão da realidade.

Sofria por entrar na adolescência sem mãe com quem me abrir. Para complicar, a única pessoa que preenchia em mim um lugar próximo ao de mãe era a imperatriz, que não sabia disso. Diante da ternura com que tratava as filhas, da bondade com que tratava os humildes, eu fantasiava que ela era um pouco minha mãe. Afinal, não só me tirara da desnutrição na tenra infância como me pusera para trabalhar na biblioteca. Muitas vezes desejei abraçá-la, murmurando: "Mamãe". Mas é claro que nunca ousei fazê-lo. Sabia que seu carinho por mim não me tornava um pouco sua filha.

Na falta de orientação materna sobre namoro e coisas do gênero, guiei-me pelo que os livros contavam do sentimento amoroso. **Tristão e Isolda** amaram-se até a morte, apesar de quantos tentaram separá-los. Dom Quixote aguentou tormentos e moinhos de vento por Dulcineia del Toboso. O

Tristão e Isolda – são namorados em uma lenda galesa. Dulcineia é a dama de Dom Quixote (veja o boxe sobre ele). Jacó trabalhou para o pai de Raquel, para casar com ela. Dirceu é Tomás Antônio Gonzaga, que participou da Inconfidência Mineira; Marília é a pastora de seu poema *Marília de Dirceu*. [17: Jacó; Tristão e Isolda; Tomás Antônio Gonzaga]

pastor Jacó esperou sete anos para merecer o coração de Raquel; e o poeta Dirceu ofereceu à sua Marília o melhor de si e do que estava ao seu alcance. Acalentei viver, por minha vez, um amor que resistisse ao vento, ao tempo e às intrigas, com alguém capaz de esperar, lutar, enfrentar obstáculos para que eu lhe desse o melhor de mim. Duvidei que esse alguém fosse o Benedito.

De forma que segui defendendo meu quinhão. Espanava, lia, bisbilhotava conversa alheia, dançava domingo na Pequena África, sonhava com o amor verdadeiro.

Não me arrependo. Os bons sonhos, quando constantes, transformam-se em boas lembranças. Os romances que nos inspiram acabam virando boas recordações de nós mesmos. Sonhar em amar alguém como Tristão ou Dirceu, se me atrapalhou com o Benedito, também me protegeu dele. Assim sendo, pude me dedicar às princesas que se cansavam de crescer isoladas da cidade, cercadas de vigilância, protegidas de sol e chuva como flores de estufa.

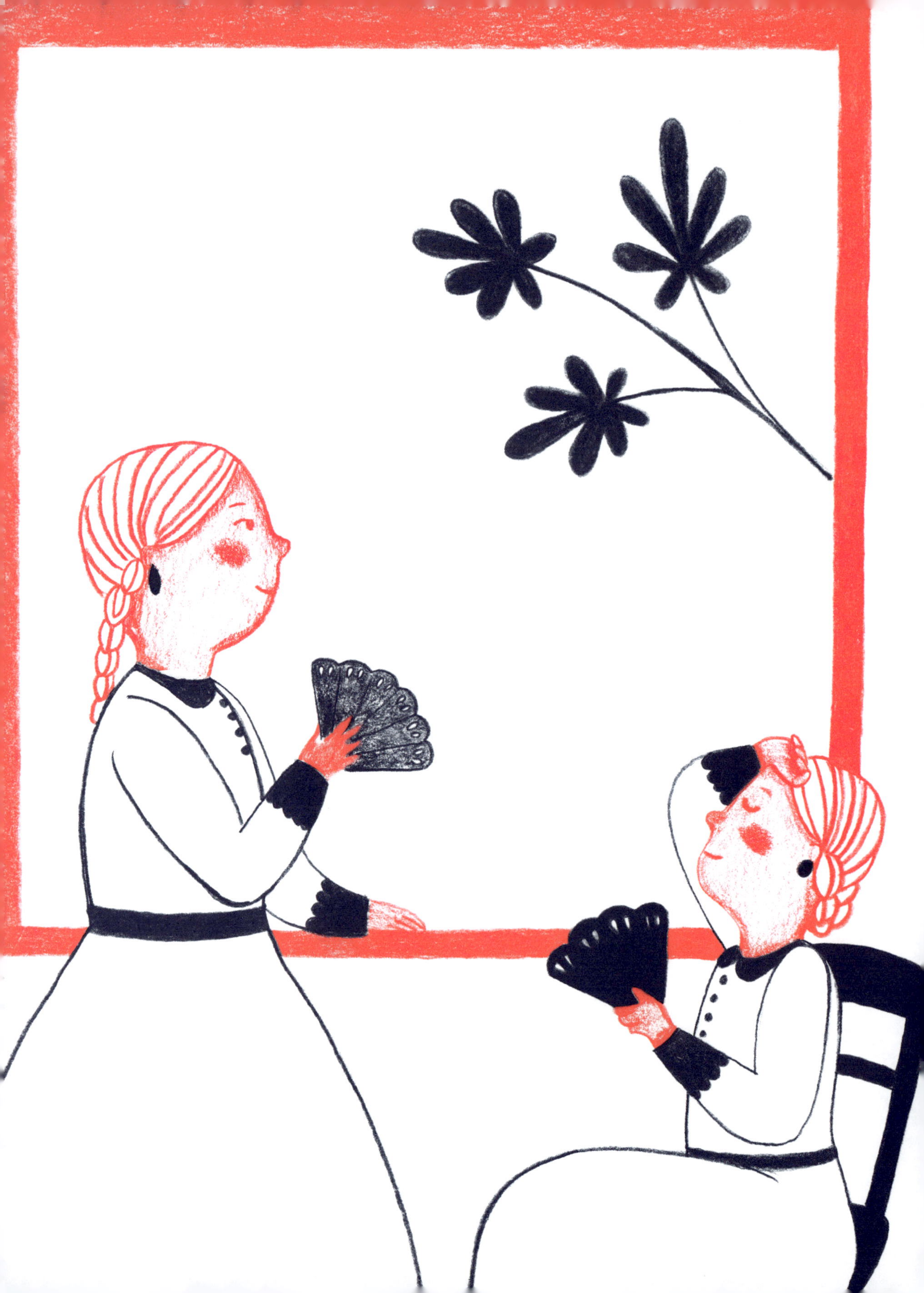

Parte 2.
Com quem Isabel vai se casar?

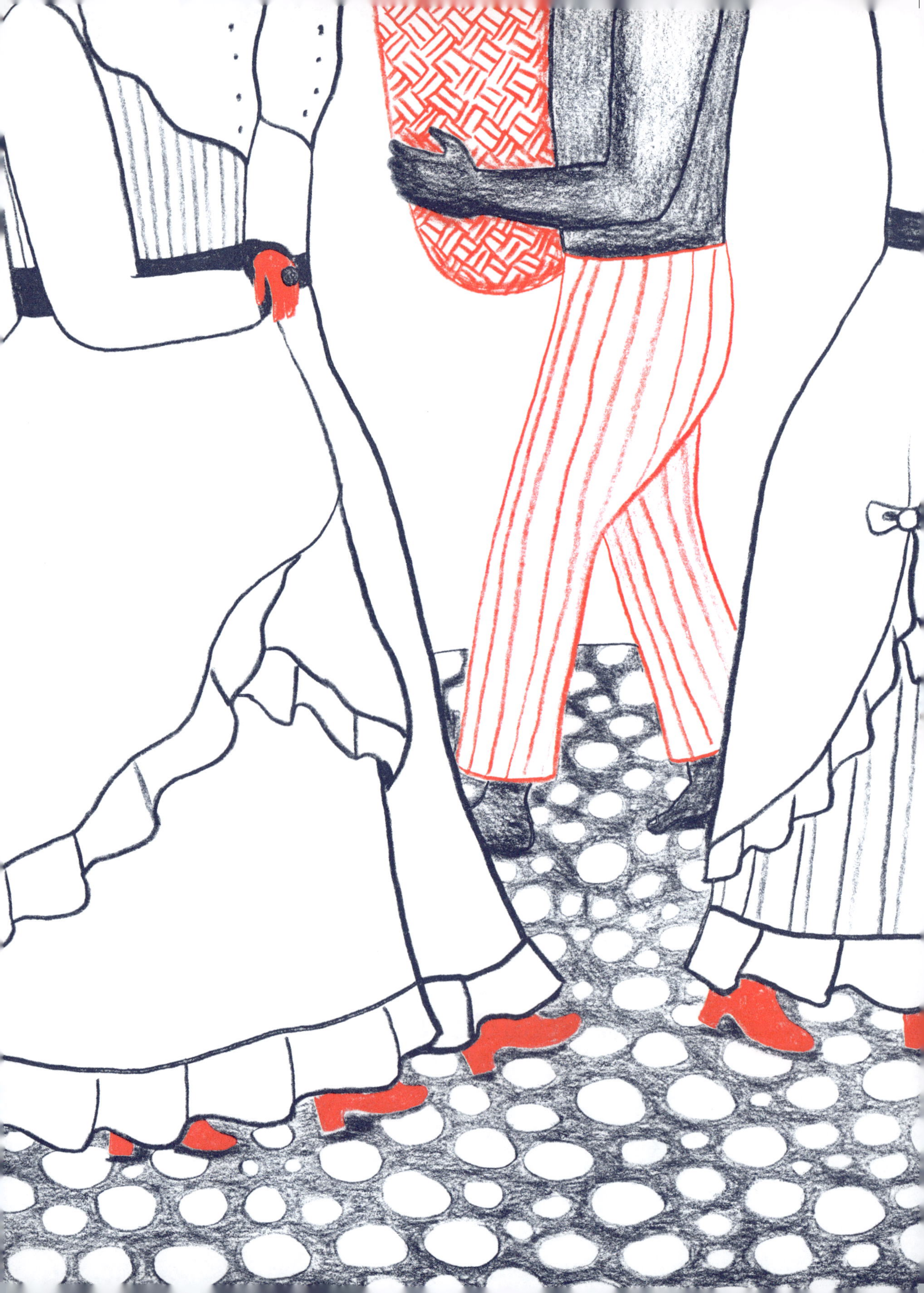

8. *Ser princesa tem preço*
Ou: a dança dos pretendentes

Leopoldina, 15 anos, Isabel, 16, abanavam os leques com sinais de enfado e como um cacoete próprio a apressar o tempo. Por mais que os pais as controlassem, não podiam deter o crescimento que as tirara das roupas de meninas e pusera nas de moças feitas. Ambas desabrocharam, mudando de corpo e de interesses.

A rotina de estudar com afinco, tocar piano, cantar árias e dançar balé, plantar violetas e hortaliças sob a batuta da condessa não as motivava como antes. Perdera a graça encenar peças no teatrinho, valsar com Amandinha, espiar o céu através da luneta.

A Quinta da Boa Vista como que encolhera no tamanho, não lhes propiciando ar bastante para respirar. Requeriam ares novos que as beneficiassem. Melhor dizendo, queriam passear de carruagem pela cidade e pela beira-mar.

Em tendo, agora, a oportunidade de percorrer a Rua do Ouvidor, repleta, segundo elas, de novidades importadas e de jovens elegantes, era com visível entusiasmo que se arrumavam para sair.

O problema era a condessa de permeio. A correta e certeira condessa. Eu me punha no lugar de Isabel e a imaginava louca para dispensar a companhia dessa escolta, de vez em quando. Apostava em como Leopoldina preferia experimentar modas parisienses sem ter de manter ao mesmo tempo conversas instrutivas em francês. Será que jamais iriam pelas ruas, podendo trocar entre elas impressões sobre esse ou aquele passante? Pelo andar da carruagem, só no dia de são nunca.

Vindas da cidade, uma tarde, governanta e pupilas embarafustaram biblioteca dentro, apaixonadas por um relógio que tocava música, no instante marcado por um pequeno ponteiro que não era o das horas nem o dos minutos. Marcava-se um horário com o pequeno ponteiro e, no horário marcado, o relógio tocava. Última invenção da relojoaria, explicou a condessa. Chamavam de "despertador", por servir para despertar as pessoas do sono ou do esquecimento. As três admiraram sobretudo um, que tinha um quadrante de madrepérola, e que Isabel adoraria ganhar de aniversário. Mas a questão não era essa. A questão era saber por que o pai não as deixava dançar com rapazes.

— Todas as meninas da nossa idade dançam — disparou Leopoldina sem aviso. — E quando não têm noivo ou marido...

— Pelo menos namoram — completou Isabel.

O imperador, inadvertido, sobressaltou-se feito um soldado ao toque de alerta. Juntou os papéis que examinava e os coroou com um peso de cristal. Em seguida cofiou a barba, olhos fitos na paisagem que a janela à frente enquadrava. Dali a uns segundos, recordou à primogênita:

— Em nosso país, você tem o privilégio de ser a herdeira imperial.

— Por isso devo morrer solteira? — retrucou Isabel.

— E eu que sou *apenas* irmã de herdeira? — atalhou Leopoldina, sublinhando o "apenas" com uma ponta de despeito.

Dom Pedro ergueu os braços, que daí desabaram impotentes nas coxas.

— Solteiras não morrerão — certificou. — Acontece que uma princesa de primeira grandeza não pode se casar com um cidadão comum. Precisa manter a linhagem real a que pertence, desposando um nobre de igual naipe.

— Nossos barões não têm filhos que sirvam para nós? — virou Isabel.

— A herdeira esquece que o título de nobreza no Brasil não é hereditário — resmungou o monarca. — Não há, por aqui, nobres de nascença.

— Filho de um nobre português, então — cortou Leopoldina sem refletir. — Alguns deles têm filhos, não têm? Que tal convidar todos os príncipes solteiros do mundo para Bel e eu escolhermos cada qual um, como nos contos de fada?

— Esses contos surgiram na época por excelência dos reis e príncipes. Na segunda metade do nosso século, só a nobreza deposta estará disposta a atravessar o oceano para se prolongar nos trópicos...

— Ou seja, os bons partidos não são para nós — abreviou Isabel.

— São — tornou o pai. — Se souberem esperar, lembrando que para princesas os interesses próprios vêm depois dos interesses da pátria. Agora aos deveres — finalizou, levantando-se para ir meditar no otomã de palhinha da galeria.

Pelo que explicara às filhas, elas eram brotos de uma árvore com raízes mais remotas do que a existência do Brasil como país. Descender dessa árvore é que justificava ele ser imperador e elas princesas. "Separado da árvore o broto morre", explicou. "Tenho um império devido à árvore genealógica da qual descendo, e vocês são princesas porque descendem dos Bourbon, dos Orléans e dos Bragança." Nosso país, pelo que entendi, era ao mesmo tempo uma nação independente e um império dependente de antigos reis europeus. Achei tudo muito contraditório, porque a árvore real de Pai Tino datava de antes dos

faraós africanos e nem por isso seu palácio chegava aos pés do de São Cristóvão. Mas o mundo em que vivemos é cheio de contradições.

Pelo dito e não dito, concluí que as minhas amas tinham um belo problema de identidade nas mãos. Preparavam-se para reger um império ao qual não podiam pertencer plenamente. Pelo que o pai afirmava, tinham de se sacrificar para reger um povo com o qual não deviam se misturar, sob pena de perder o direito de reinar. Pois a gente desse povo era ótima sob todos os aspectos, salvo no dos títulos necessários para se casar com a futura imperatriz. Quanta complicação para impedir que duas princesas dançassem com rapazes do tipo que o Macedo retratava em *A Moreninha*!

O imperador não percebia que as filhas tinham crescido e estavam ficando taludas? A cidade percebia e se divertia espalhando boatos de que um xeique da Arábia pedira a mão de Isabel e um vizir da Pérsia, a de Leopoldina. Até a Câmara entendeu de pro-

> **Faraós** — eram os reis do Egito antigo. O primeiro foi Narmer, que reinou cerca de 3.200 anos antes da Era Comum. Já a região do Congo, de onde veio Pai Tino, foi ocupada por povos bantos durante o primeiro milênio da Era Comum, e as linhagens governantes da região se formaram nessa época (leia o boxe sobre a Grande África congolesa). O orgulho de Rosário pela linhagem de Pai Tino é justo, mas ela é uns 4.000 anos mais nova que a realeza egípcia. [4] [22]

por que Isabel se casasse com o primo dela, que era Duque do Porto e herdeiro do trono de Portugal, o que a pobre ficou sabendo durante uma aula, pela boca do Macedo. Imaginem saber do próprio casamento pela boca de terceiros!

— Casar com um primo que nem conheço? — balbuciou Isabel.

— A proposta não dará em nada — adiantou a condessa.

— Mesmo assim, como pode meu casamento ser assunto na Câmara antes de ser assunto meu? — objetou Isabel, a meu ver, com toda a razão.

— A Câmara quer provocar a opinião pública, sugerindo que por meio do seu casamento o Brasil pode voltar à condição de **Reino Unido** a Portugal — explicou a condessa, prosseguindo: — Muitos boatos cercam a vida de reis e rainhas. Quem está na mira da população deve habituar-se a isso e aprender a distinguir propostas sem amanhã de fatos merecedores de aflição. E agora, professor Macedo — declinou com severidade —, continue a nos falar de gramática.

Reino Unido – o Reino Unido de Portugal, Brasil e Algarves foi criado por D. João VI em 1815. Esta medida foi tomada porque a situação de D. João era ilegítima: ele estava governando Portugal a partir de uma colônia, e de uma cidade que não era a capital do reino. [1]

Na abertura de outra aula, a própria condessa comunicou, antes que a notícia escapasse de mau jeito e gerasse indignação:

— Aviso aos navegantes: andam espalhando por aí que o Arquiduque Maximiliano da Áustria veio ao Brasil acertar o casamento do irmão, Luís José, com nossa Isabel. Futrica. Não prestem ouvidos. O Arquiduque veio passear e nada mais.

— Ufa! — bufaram as princesas com um alívio que meu íntimo partilhou, insegura que eu andava quanto ao destino que teria quando minhas amas se casassem.

O boato, dessa vez, vinha impresso em letras graúdas num jornal que Leopoldina chacoalhou perante a irmã, até lhe arrancar o berro de: "Ah, não, é demais pra mim!"

Uma nota dizia que a herdeira imperial brasileira concordara em se casar com o ditador do Paraguai, **Francisco Solano Lopes**.

— Um tirano em pé de guerra com a gente?!

— De quem falam horrores?! — piorou Leopoldina.

Era a Câmara, agitando o país.

Francisco Solano Lopes – filho do primeiro presidente do Paraguai, obteve o reconhecimento da independência do país pelas potências europeias. Eleito presidente em 1862, trabalhou pela modernização do país e procurou manter a economia independente e o território livre de invasões. Com isso, o Paraguai atingiu os interesses do capitalismo internacional, e o resultado foi uma guerra (de 1864 a 1870) com os países vizinhos subordinados aos interesses ingleses: Brasil, Argentina e Uruguai. [17: Solano Lopes]

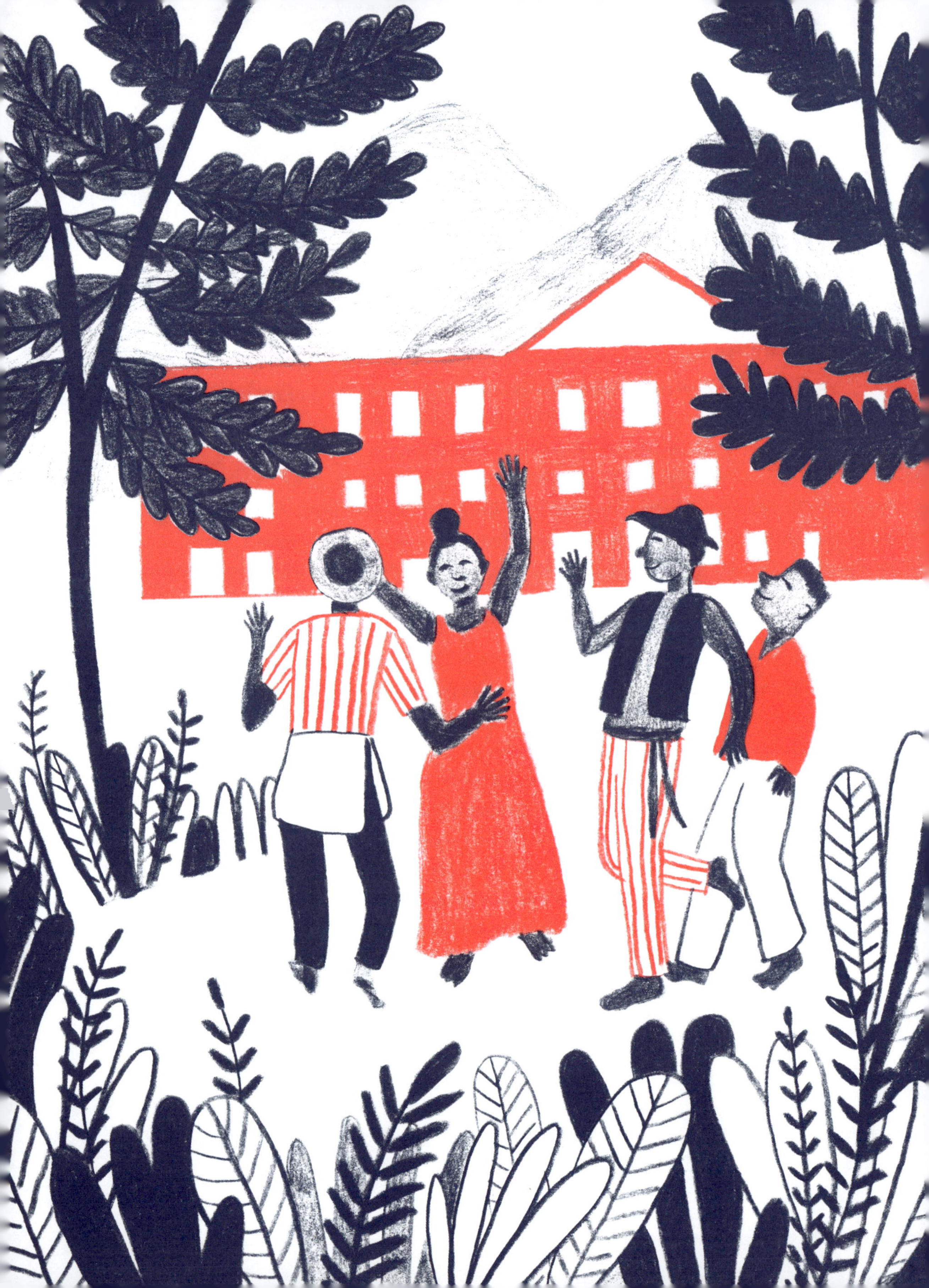

9. *Tramas paternas*
Ou: caindo na real

Então, sacudindo o ramerrão de piano, cantoria, passeio de carruagem, estudo e estudo em que as princesas desfiavam a juventude (sem poder, como eu, desfrutar de um batuque), a criadagem foi chamada à sala do trono. O imperador tinha o prazer de nos informar que estava negociando *partidos condignos* para as filhas. Se tudo desse certo como esperava, o casamento de ambas ocorreria naquele ano.

Vivas ecoaram, no que as princesas, ladeando o trono, ganharam rodelas escarlates nas faces e eu já embalava em mente a prole das duas nos braços. Minutos depois, Isabel anunciou a promessa de, no dia de suas bodas, conceder alforria a cada um dos escravos de sua cota pessoal.

— Livres?! — no fragor da notícia, Benedito arqueou o corpo como se pespegasse uma umbigada no ar.

> **Quilombos** – os assentamentos de fugitivos existiram em todas as regiões das Américas que receberam escravos. Alguns se tornaram comunidades estáveis, com caça, pesca, agricultura e pecuária. Os quilombos criavam redes de contato com escravos das propriedades em volta e com povoados próximos (de indígenas e de colonizadores). As redes levavam escravos aos quilombos, favoreciam o encontro entre parentes, forneciam produtos (como armas e alimentos), transmitiam informações e permitiam a venda do excedente da produção dos quilombos. No Rio de Janeiro, existiram quilombos nas matas dos arredores da cidade, perto de fazendas e vilas, nas regiões da Tijuca, de Campo Grande, de Santa Cruz, do Recôncavo da Guanabara e do interior da capitania. [23] [24]

Livres para trilhar o caminho que desejassem: Benedito, Jacinta, Antão, Damião, Crato, Gervásia, Eunice, Isaltina...

Ignoro de que cor fiquei com o fluxo de sangue que me subiu ao rosto. Mas se é verdade que felicidade embeleza, naquele momento eu devia estar linda.

Para onde iria o Benedito, de posse do documento de forro? Procurar trabalho pago em outra praça? Ganhar o sustento numa dessas comunidades de escravos fugidos, que se chamam **quilombos**, e pelas quais se dizia curioso? Foram as primeiras perguntas que brotaram em mim. Haveria no Brasil lugar melhor para escravos e criados morarem do que o Paço de São Cristóvão? Lugar mais limpo, sombreado, respeitoso e tranquilo do que junto ao imperador e sua família? Em sã consciência, duvidei que houvesse. Mas nada se compara à expectativa de ser livre de direito, como Deus nos fez, e é por isso que os grupos de luta contra a escravidão estavam crescendo pelo país.

O mar muda, quando se enxerga a costa, e a costa é outra com praia à vista.

As princesas acompanhavam agora as tratativas do pai para arranjar-lhes *partidos condignos de religião católica*, como se sentadas na plateia do teatrinho delas assistissem à peça em que cumpririam o destino de mulheres casadas.

Eu aguardava a liberdade de Benedito, como se ao fim de uma travessia oceânica ardesse por saltar em terra firme. Queria vê-lo desembarcar na condição de escravo forro, como eu era. Talvez até pegasse o escaler com ele, rumo a alguma orla desconhecida… Ou rumo a algum quilombo organizado com rei e rainha, de que ele tinha notícia e vontade de conhecer. Confesso que começava a encarar a hipótese.

Nesse meio tempo, eu achava excitante participar da guinada no leme que se operava tanto para minhas amas quanto para meus companheiros de serviço. Benedito, apesar de se considerar um criado bem tratado, entusiasmava-se à ideia de perder em breve as cadeias de papel que o atavam a um terrível sistema social. As princesas emocionavam-se de pensar que em breve estariam presas nas doces cadeias do matrimônio.

Na Pequena África, as pessoas me perguntavam:
— Com quem Isabel vai se casar?
— O imperador disse que só vai dizer quando os pretendentes das filhas estiverem no barco a caminho do Brasil.

No resto do país, a curiosidade em torno do tema não ficava atrás. Um jornal, além de divulgar uma lista de *prínci-*

pes solteiros em idade casadoira, analisou as chances de cada um emigrar da Europa para cá. Outro calculou que o sangue azul compatível com Isabel viria do Reno ou do Danúbio, tal como apostou que Leopoldina desposaria um lorde inglês.

— Pss... — sibilou Jacinta, trocando as escarradeiras da entrada da biblioteca, a me segregar furtiva: — São primos e netos de rei...

— Primos-irmãos e netos de rei deposto — consertei.

— Posto ou deposto — Jacinta deu de ombros e saiu.

Eu me inteirara do nome dos pretendentes, dias antes, na sessão de leitura que Isabel impedira de se realizar, dizendo ao pai:

— Hoje não queremos Camões, e, sim, os nomes dos ditos-cujos.

— É — reitera Leopoldina — queremos saber quem são.

— São altos, bonitos, instruídos e primos-irmãos — revela o pai.

— Como se chamam? — insiste Isabel, girando nos dedos a miúda cruz de marfim pensa à corrente no pescoço.

— Um deles já tem um começo de carreira militar.

— Então *com certeza* tem um nome de guerra.

A condessa segura o riso, trocando olhares cúmplices com o soberano, que segue bancando o desentendido:

— Luís qualquer coisa, se não me falha a memória...

— Luís?! — exclama Isabel, levantando-se de supetão e pondo-se a saltitar, enquanto Leopoldina prefere se informar, antes de se empolgar:

— O Luís é para mim ou para Isabel?

— Luís... — murmura Isabel, valsando a adejar.

— Os dois são Luíses — solta o pai, sem arrefecer o embalo da filha.

— Ótimo — torna Leopoldina —, aí um vira *Luís A* e o outro *Luís B*.

— Ou Luís Augusto de Saxe-Coburgo-Gota e Luís Filipe Gastão de Orléans — acrescenta o monarca. — Pediram os nomes, não pediram?

— Pedimos! — gritam as interessadas, levando a condessa a tapar os ouvidos.

— Bem... — torna o imperador, fitando Isabel —, cogitei, para você, no Luís Augusto, de dezenove anos, e, para sua irmã, no Luís Filipe, de vinte e dois.

— Luís Augusto... — Isabel articula de queixo mole e desaba na cadeira próxima. Não demora, esboça um ar de cisma e questiona: — Por que não cogitou no mais velho para mim, que sou a mais velha?

— Porque o mais moço é duque e o mais velho conde. Conde d'Eu...

— Qual dos dois dança melhor? — corta Leopoldina.

— O ponto não foi discutido — responde o pai, com quem Isabel retoma:

— Acha que gostaremos deles?

— Mais do que acho, espero.

— Como espera que gostem da gente e do país?

— Embarcaram para cá nessa intenção.

— Acostumados ao frio e sem falar português?

— Isso é o de menos.

"Nem tanto", matutei, antecipando os *bonjours* que ia ter de esbanjar com a boca em bico, para mal entender as respostas que os fulanos me dariam, uma vez chegados. E, sim, perguntei-me, na esteira de Leopoldina: como valsariam o Luís Augusto e o Luís Filipe Gastão? Entre estes e minhas amas haveria amor à primeira vista? Satisfação de parte a parte? Iriam os pares, lado a lado, de braços dados pelo parque? Ou desde logo cada dupla para um lado? Quem primeiro trocaria com quem o primeiro beijo?

Enquanto os Luíses de encomenda atravessavam o Atlântico, muitas eram as providências a tomar, para que tivessem um bom início em terra estranha. O **Paço da Cidade**

Paço da Cidade – fica na atual Praça Quinze, no bairro do Centro (Rio de Janeiro), mas a primeira Casa do Governador da Capitania era no morro do Castelo. No século XVIII, o Armazém Real e a Casa da Moeda, no Rossio (praça) do Carmo, foram unidos, formando o térreo da nova sede do governo, que foi Casa dos Governadores, Paço dos Vice-Reis, Paço Real e Paço Imperial. [7]

ia hospedá-los com pompa, mas isso não eximia o de São Cristóvão de se preparar para recebê-los.

Na Quinta da Boa Vista, o caramanchão pedia substituição de vigas, bem como reparos na treliça, à beira de despencar. Os bancos espalhados pelas alamedas imploravam demão de tinta. Nas imediações da residência, os canteiros careciam de flores rasteiras, como os amores-perfeitos. Os focos de marimbondos e de abelhas precisavam ser queimados. As carruagens tinham de estar em perfeito estado; as parelhas de cavalos, equipadas. Na casa, era necessário abrir arcas, arejar toalhas, polir pratas e baixelas, tanto quanto encerar pisos, afinar o piano e abastecer a despensa. Perfumes e água de purificação não podiam faltar nos cômodos. O momento exigia novas fardas para a criadagem, vestidos novos para as princesas e assim por diante.

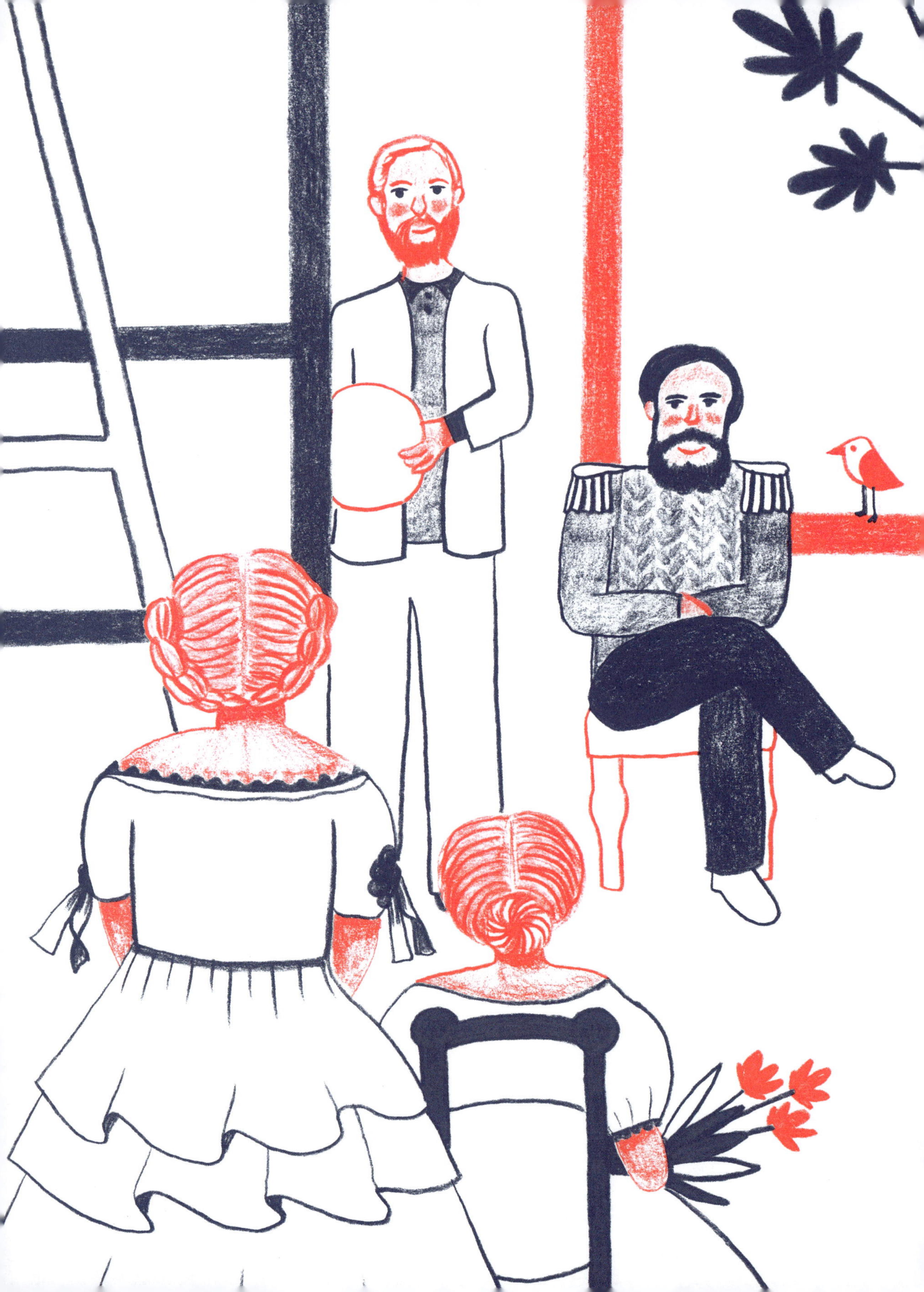

10. *E se não gostarem da gente? Ou: de percevejos e mosquitos*

Agosto terminava garoento. A tarde chuvosa escurecera cedo. A chama de uma lamparina reverberava na biblioteca, quando me aprumo ao ranger da porta que Isabel fecha atrás dela. Vejo então que elase acerca de mim como quem fugiu um instante aos seus, no propósito de me avisar:

— Os Luíses chegam amanhã.

— Pois é — digo, cabeceando afirmativa —, amanhã é o grande momento.

— Estou morrendo de ansiedade — diz, espiando à volta, antes de prosseguir em tom de confidência: — E se nenhum dos dois quiser abdicar da Europa para se casar comigo, como manda a Constituição?

— Vão abdicar, sim, e até brigar pelo casamento — garanto para acalmá-la.

Refreio acrescentar que os Luíses em causa não têm dinheiro no bolso nem possibilidades de prolongar impérios no Velho Mundo.

— Se só enxergarem febre amarela e insetos por toda parte, que nem o Biard?

— O Biard? Me espanta ser artista e não enxergar as belezas do Rio de Janeiro.

— Tomara que os Luíses tenham olhos para elas.

— Vão ter — afianço, com a segurança de um oráculo.

Tinha de tranquilizar Isabel, nervosa e precisando de apoio. Não podia lhe contar que, na véspera, eu mesma sonhara com os Luíses, entrando por engano na Pequena África e no minuto seguinte chispando de lá.

Quanto ao tal do Biard? O pintor francês Auguste Biard, retratara as princesas queixando-se o tempo todo dos percevejos e dos mosquitos. É preciso dizer que o que ele chamava de percevejos nós chamamos de baratas. "Percevejos na rua, nas calçadas, nas casas!", reclamava com estardalhaço e grosseria.

Para vir a São Cristóvão, caminhava hora e meia desde o Paço da Cidade, onde se hospedava. Realizava o trajeto vestido de preto, guarda-sol aberto e canastra de tintas debaixo do braço. Na mão, trazia um livrinho no qual estudava português enquanto andava.

Pintava o quadro das princesas durante as tardes de domingo, única tarde de que elas dispunham para posar.

Como a condessa, nesse dia, desfrutava de sua folga semanal, era eu quem cumpria a função de sentinela nas sessões de pintura.

O imperador vinha e, por um tempo, acompanhava os trabalhos, sentado junto ao cavalete, de modo a ter visão conjunta das filhas e da tela em que o retrato destas progredia. Falava pouco, no máximo para elogiar tais pinceladas e repetir que os daguerreótipos iam reduzir a demanda de retratos a óleo no mundo. Aí, quando beirava o ponto de dormitar, retirava-se.

Para cada cinco minutos em que permaneciam imóveis, as princesas podiam se distender e conversar outro tanto, sem alterar a posição básica em que posavam: uma, sentada de torso ereto contra o espaldar da cadeira, a outra de pé, ligeiramente atrás.

Num intervalo descontraído, Isabel comentou a meu respeito:

— Rosário lê e entende francês.

— Ah, sim? *Rosarre é uma arrarra faladeirra!* – desconchavou o Biard, o que levou sua interlocutora a observar:

— O pássaro que fala é o papagaio...

— *Pode serr, mas as arrarres son extraordinarres* — tornou o pintor, que se comprazia em praticar o português, mesmo sem apreciar o país dos percevejos. — *Adoro a plumagem colorride das arrarres. Detesto os musquites que me picam mesmo quando uso o musquiteirro. Tombém detesto as forrmigues que de noite devorram meu pon e minhas frrutas. Horra de retomar posiçon, meninas, testa parra cime!*

Na fala do Biard a palavra "testa" queria dizer "cabeça" e, na ausência do imperador, ele chamava as altezas de meninas. De tanto ouvi-lo amaldiçoar os insetos tropicais, Leopoldina não aguentou ficar parada meio minuto e rebateu:

— Prefiro nosso clima ensolarado ao de longos invernos cinzentos em que as árvores desfolham e a paisagem fica triste. Nossas árvores são verdes o ano todo e...

— *Silence, por favorr, sinon non posso pintarr.*

No que a modelo encafifou-se, o pintor continuou:

— *Nada se comparre à beleze dos jardins franceses na primeverre. Muguets, lilas, tulipes...! Será coincidence que os parfuns franceses son os melhorres do mundo?*

— Quem toma banho diariamente não precisa de perfume — alfinetou Leopoldina, com meros segundos de quieta.

— *Assim non posso pintarr* — reclamou o Biard, que a seguir reatou: — *O porto do Rio de Janeirro prrecise de perfume, sim, com tante porcarrie estragade, tantes urrubus, tantes escrraves suande e berrande. Rosarre é um fenomêne de ser ton calade. Deve ser porque leu La Fontaine...*

— O senhor pretende se prolongar no Brasil? — perguntou Isabel entre dentes, a fim de não mexer os maxilares.

— *Non, non, dois anos son suficientes. Partirrei quando terminar este quadrro, se até lá os musquites non me matarrem. Trrocar Paris pelos tropiques sô vale la peine se for parra ser imperradorr.*

Tal era o dilema que Isabel me trazia na véspera de conhecer seu prometido. Como saber se o duque que lhe destinavam era interesseiro ou não? Se a cortejaria no objetivo de se tornar príncipe-consorte e, uma vez marido de futura imperatriz, acabar assumindo o império brasileiro?

— Não consigo esquecer o que o Biard falou sobre trocar Paris pelos trópicos.

— Nem eu — admiti. — Só que o Biard não se esforçou para se adaptar ao Brasil. Passou dois anos pintando, criticando, tomando notas sobre o que via, e foi contar suas desventuras na França. Pudesse se casar com a brasileira formidável que é nossa herdeira, veria os trópicos de maneira diferente.

Não sei se Isabel me achou bajuladora. Sei que tentei reconfortá-la como pude. Os Luíses estavam para chegar e traziam ótimas referências. O resto era aguardar. O futuro não pertencia a Deus? Concordou que sim. Entretanto suspirou, como se algo mais a importunasse. Daí disse:

— Não queria afligir meus pais, nem colocar meus desejos pessoais acima dos deveres públicos, mas gostaria de ser feliz no amor.

— Quem não... — murmurei, persuadida de que no mundo, ricos, pobres, livres e cativos partilham a mesma ambição. — Pede para ter o direito de escolher entre o duque e o conde — sugeri. — As chances de ser feliz aumentariam.

Nesse momento Leopoldina surgiu e pegou o trem andando:

— Que conspiração é essa?

— Rosário sugere que eu escolha entre o duque e o conde.

— Boa ideia — falou — desde que eles também escolham uma de nós de acordo com as preferências deles, pois qualquer estrangeiro que se case contigo — frisa para a irmã — terá de morar no Brasil, ter filhos no Brasil, lutar pelo Brasil em caso de guerra, trocar de pátria, em suma, sacrifício que se torna mais leve quando feito por amor. Verdade que prestígio e privilégios também tornam os sacrifícios mais leves. O duque, que conta como certo que haja um cetro e uma coroa de ouro no dote da mulher, pode não se contentar comigo, que sou apenas segunda na linha de sucessão.

— O melhor é esperar — compenetrou-se Isabel, murchando.

— Esperar que um mesmo Luís não nos seduza e a prioridade de escolha seja tua como sempre — advertiu Leopoldina. — Pois se isso acontecer, passarei a vida cobiçando teu marido.

— Leopoldina! — gritou Isabel horrorizada.

11. O calor de um "obrigado"
Ou: pedidos de casamento

— Tudo, menos briga — retumbou no ambiente forrado de estantes.

O imperador entrara de mansinho.

— Queremos nos casar por amor — entornou-lhe Leopoldina.

— É... — admitiu Isabel, encabulada. — Sem esquecer que para princesas os interesses próprios vêm depois dos interesses da pátria. Rosário acha que eu deveria poder escolher, entre o duque e o conde, aquele que me agradar mais.

Nunca desejei tanto ser uma traça metida nas páginas de um livro.

— Rosário acha... — repetiu o imperador.

— Que escolhendo um dos dois pretendentes eu teria maiores chances de ser feliz no casamento.

— Por que não escolhe? — consentiu o pai com presteza inesperada.

— Porque aí ela pega o eleito dela e eu fico com a sobra — resmungou Leopoldina. — Os Luíses e eu também temos sentimentos, ora bolas, e a ter de me casar forçada ou ir parar num convento, prefiro a segunda opção.

— Calma — apressou-se em recomendar o pai —, sobre casá-las com os partidos que vêm aí, mantive, até o momento, entendimentos informais apenas. Não fechei contrato com esse ou aquele, nem submeti nada à Câmara. Do convívio que se inicia amanhã, um ou dois casamentos poderão resultar...

— Ou até nenhum? — sondou Isabel.

— Até nenhum — confirmou o pai, para alegria das filhas, que o abraçaram com entusiasmo e foram dar a notícia à mãe.

Quem ocasionou a alegre revoada permaneceu um instante sem ação, após o que cofiou a barba, a um tempo pensativo e risonho. Por fim, esfregou as mãos uma na outra e se dirigiu para a porta, de onde falou, ao sair:

— Obrigado, Rosário, pela sugestão.

O dia que findava me reservava surpresas.

Antes que eu apagasse a lamparina e descesse para cear, Isabel reaparece na biblioteca e me mostra os retratos dos Luíses. Luís Augusto: rosto comprido, cabelos crespos louro fosco, a julgar pela imagem; Luís Filipe: queixo miúdo, testa larga, cabelos lisos repartidos para o lado. A tia que enviara os daguerreótipos escrevera a tinta na borda branca de um: "Magnífico aos dezenove anos"; na do outro: "Doce, bondoso, instruído, estudioso".

Isabel me perguntou qual dos dois eu escolheria, se tivesse de escolher. Respondi que com base nos retratos o "magnífico" me impressionava tanto quanto o "doce, bondoso, instruído e estudioso". Contudo, não me fiaria em retratos, nem na opinião de uma tia para escolher marido, sob o risco de descobrir mais tarde: por fora, bela viola, por dentro, pão bolorento.

A chuva limpara a atmosfera e refrescara a noite. Logo após a ceia, convenci Benedito a me acompanhar numa escapada até a Pequena África, através do atalho na mata que a ligava ao parque. Ardia por comentar com Pai Tino a "consulta" que a princesa me fizera e o "obrigado" que recebera do imperador. Nunca imaginei que o engraçadinho, em plena ida, de repente me agarrasse pelos ombros e se metesse a tentar me beijar.

— Não, por favor! — afastei-o num repelão. — Não estraga nossa amizade por bobagem — acrescentei. — Vou guardar meus beijos pra aquele com quem me casar.

Em má hora falei isso. Dali a pouco, na Pequena África, Benedito me pede em casamento a Pai Tino. Quase caio para trás.

— Casamento não se decide assim sem mais nem menos — falei, mais pelo susto que por desdém.

— Sem mais nem menos?! — objetou Benedito, coração na mão.

— Sem combinar com a noiva e preparar o enxoval — explicou Pai Tino com brandura e dando-lhe uns tapinhas nas costas.

Quanto ao motivo de estar ali noite feita, contei o episódio que me envaidecera, do "Obrigado, Rosário, pela sugestão", sobre o qual confessei:

— Nem sei o que sugeri de especial, pra alguém tão importante agradecer.

— Sugeriu que as princesas tenham a margem de escolha que ele não teve.

— Como assim?

Pai Tino puxou o fumo no cachimbo, soltou uma baforada e falou:

— Dom Pedro virou imperador aos 5 anos e, aos 14, foi declarado maior de idade. Desde adolescente se comporta com modos de adulto e cabeça de velho, coitado.

— Ouvi dizer que gostava de dançar.

— Gostava. Só que os políticos que apitavam não queriam o rapaz na vida mansa. Queriam que fortalecesse o império casando com moça da realeza europeia.

— A mesma coisa se repete com Isabel.

— Quando o rapagão tinha 17 anos, arranjaram pra ele uma nobre napolitana, 4 anos mais velha, de nome Teresa Cristina. Era Princesa das Duas Sicílias, cantava bem, aceitava morar no cafundó, e, a julgar pelo retrato que ele recebeu, não era feia. Confiando nisso, aceitou a missão de fortalecer o Brasil. Mandou pra napolitana um anel de rubi rodeado de ametistas e se casou com ela por procuração.

— Quem procurava? — Benedito, atordoado.

— Ninguém. Assinou um documento que valeu pela presença dele no casório.

— Não foi a Nápoles pessoalmente?

— Não podia. Pela lei, tinha de se casar no território dele.

— Então, por que a noiva não casou aqui?

— Não ficava bem embarcar mar afora sem garantias, como uma aventureira.

— Marido e mulher esperaram quanto tempo pra se conhecerem?

— Quatro meses, contando do dia da união oficial.

— Viajar de Nápoles pra cá demora tanto?

— Não em condições normais, mas achar marinheiros brancos pra compor a tripulação atrasou o navio. A imperatriz nunca tinha tido contato com negros.

— Credo... — tornou o Benedito.

— Sei que, quando o imperador subiu a bordo pra receber a esposa, não demorou, chorou de decepção e caiu de cama. Dizem que não desmaiou por um triz, vendo o nariz da Imperatriz...

— Isso aí já é maldade.

— A Princesa das Duas Sicílias era nariguda, baixota, gorducha, coxa...

— E bondosa — completei.

— Concordo, acontece que seu aspecto, de início, decepcionou o Brasil. Todo mundo achou que o chefe tinha feito um mau negócio se casando com ela, inclusive ele.

— Que apesar dos pesares honrou o casamento que tinha feito.

— Ah, sim, e acabou se apegando à mulher.

— Não dá mesmo pra confiar em retratos — notei. — Às vezes, o pão bolorento é bela viola por dentro.

12. Chegaram!
Ou: quem fica com quem

Cais do porto – nos séculos XVII e XVIII, o movimento portuário no Rio de Janeiro era feito nas praias entre os morros do Castelo e de São Bento: desembarque dos escravos vindos da África e dos produtos de outras regiões do Brasil e da Europa, embarque dos produtos de exportação e movimento de viajantes. Na segunda metade do século XVIII, a região do Valongo foi ocupada por estabelecimentos de comerciantes, armadores e traficantes de escravos, e por pescadores e marinheiros. Após a proibição do tráfico de escravos, o cais do Valongo foi abandonado; mais tarde, a área foi transformada no moderno porto do Rio, no bairro do Centro. [5] [7]

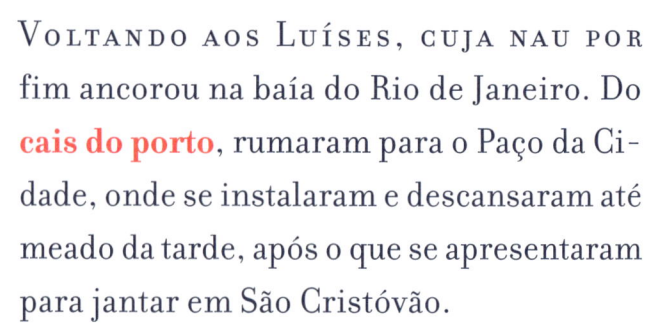

VOLTANDO AOS LUÍSES, CUJA NAU POR fim ancorou na baía do Rio de Janeiro. Do **cais do porto**, rumaram para o Paço da Cidade, onde se instalaram e descansaram até meado da tarde, após o que se apresentaram para jantar em São Cristóvão.

Do portão da Quinta, a carruagem tomou a alameda central, contornou o muro da esplanada, parou junto à ponta do tapete vermelho estendido em frente à entrada do palácio. Benedito apeou da boleia, abriu a portinhola e se perfilou como um soldado de cartola na cabeça. Os príncipes desceram e foram ao encontro da família imperial na outra ponta da passarela vermelha.

Do alto da galeria superior, de onde Jacinta e eu nos colocamos à espreita, achei-os atraentes e elegantes, galões dourados nos ombros, medalhas ao peito.

A espiada de relance me transmitiu uma ideia de harmonia. Tive a forte impressão de que os primos combinavam com as irmãs: nos traços, nas proporções, nas atitudes, nas caras pálidas.

— Em minha opinião, sai casamento daí — falei.

Jacinta, parecendo que inalava a fragrância dos *bonsoirs* que se evolavam de baixo, limitou-se a perguntar, indiferente ao palpite:

— Qual dos dois é o Gatão?

— Gastão! — corrigi. — O de cabelo ruivo.

O jantar para seis pessoas foi servido às cinco e durou cerca de meia hora. O imperador não era mesmo de remanchar nas refeições, e convinha aproveitar a claridade para passear no parque antes de escurecer. Desse passeio, os recém-chegados do hemisfério norte voltaram abismados com o zunido ininterrupto das cigarras. Admiraram as mangueiras, os tamarindeiros, as jabuticabeiras, as *fascinantes* bananeiras dando cachos. Depois de tomarem chá com docinhos em companhia dos anfitriões, na sala do piano, Isabel e Leopoldina os convidaram a visitar a biblioteca.

Pretendentes e pretendidas me saudaram no francês em que conversavam. Aí Isabel, sem mudar de idioma, pediu-me que lhes trouxesse umas gravuras ilustrativas das curiosidades do Brasil. Peguei na estante um álbum de desenhos que registravam nossa flora e nossa fauna e o coloquei sobre a mesa em torno da qual os quatro se sentaram.

— *Fantastique!* — exclamou o Luís ruivo, embora o álbum de imagens não tivesse sido aberto. Manifestou-se assim, pelo que captei retomando meu assento, porque eu atendera a um pedido feito em sua língua, sem precisar de tradução.

A tanto se resumiu meu primeiro contato com o dito-cujo. Nem pude observá-lo direito e a seu comparsa de cabelos crespos. A condessa sobreveio e, num discreto português, me liberou para descer.

Os dias seguintes foram cheios de passeios, excursões, cantorias ao piano e jogos de salão. Um ritmo de vida que fluía com o vagar de um riacho, ao receber afluentes novos, transformou-se em corredeira.

Nesse período, virei ajudante da condessa e fui arrastada na correnteza da temporada alegre. Assessora bilíngue para situações especiais, carreguei a cesta dos biscoitos, frutas, leques e xales, em mais de um piquenique pelo parque. Nos passeios a lugares distantes, levava a cesta da merenda ao colo, espremida no assento da boleia, entre o cocheiro e o Benedito.

Tive, assim, a oportunidade de conhecer o Rio de Janeiro, para além dos becos da Pequena África. No rumo sul: os morros de **Santa Teresa** e da Glória, a enseada de Botafogo, a pedra que os navegantes chamam de Pão de Açúcar. De lá para oeste: a lagoa rodeada de chácaras e do jardim botânico, a

---

Santa Teresa – parte da antiga área rural do Rio de Janeiro que foi ocupada com chácaras de veraneio dos moradorers ricos da cidade e que hoje é o bairro de Santa Teresa. O mesmo aconteceu com os bairro da Glória e de Botafogo. O morro do Pão de Açúcar fica no bairro da Urca; o do Corcovado, no Cosme Velho; a lagoa citada, no bairro da Lagoa. A praia do Caju (no bairro do Caju) foi onde D. João VI inaugurou no Rio o hábito de tomar banhos de mar. [7]

imensa floresta da Tijuca. No rumo céu: (carruagem resfolegando pela subida íngreme) o mirante do Corcovado e seu panorama deslumbrante. Agora, haja despenhadeiro igual. Acidentes horríveis ocorreram ali, antes de um parapeito proteger as pessoas contra o risco de desabar no precipício. No rumo norte: a praia do Caju, que os Luíses percorreram de pés nus e calças enroladas no alto das canelas, para inveja do resto da comitiva que enfrentou a areia de botinas e trajes abotoados até o pescoço.

Isabel e Leopoldina, enquanto isso, não revelavam para que lado seus corações tendiam. Vestiam-se com apuro, riam, mostravam-se falantes, mas se precaviam de externar suas preferências com relação aos Luíses.

Dizer que brigavam a muque pelo duque, como um jornal teve a ousadia de estampar, era lorota. Ponho minha mão no fogo de que jamais se prestaram a tal. Brigarem pelo duque? Não diante de mim, pelo menos, e presumo que menos ainda diante da condessa, que as vigiava direto, e até demais, a meu ver.

Compreendo que seguisse à risca ordens de uma imperatriz preocupada em que liberdades prematuras manchassem a reputação das filhas. Acontece que seu empenho em promover debates instrutivos, em obediência ao imperador, estorvava o desabrochar de qualquer namoro.

Nessa de restringir a conversa dos jovens sob sua guarda a "temas elevados", impedia que agissem de maneira espontânea ou externassem sentimentos capazes de construir afinidades. Durante as caminhadas, metia-se entre os Luíses e as irmãs como um cercado separando o gado de corte do gado leiteiro.

Ao longo de uma semana de passeios, eu e a cesta das merendas assistimos a muita exibição de cultura, timidez e educação da parte de todos para com todos, sem galanteios no meio, aproximações sutis ou olhares de segundas intenções.

Domingo, no batuque da Pequena África, ninguém acreditou quando contei que a nobre moçada não ultrapassara a fase de se observar e se estudar, cada qual com mais medo que o outro de dar um passo errado. "Deixa de história, Rosário, você sabe muito bem com quem Isabel vai se casar!" Cismaram que eu mentia por fidelidade aos patrões, ou então era cega, para não enxergar chamego onde havia.

Dias depois, no parque, o calor da tarde esmorecia e os tamarindeiros exalavam um cheiro denso e fermentado de tamarindos maduros. Numa alameda sombreada, Isabel dava braço ao pai, Leopoldina à condessa, e os Luíses avançavam em parelha, mãos afundadas nos bolsos. Na rabeira ia eu, carregando uma cesta cheia de pitangas. O chá com docinhos, dessa vez, era no caramanchão, onde a imperatriz e Jacinta já nos esperavam.

De repente, Isabel estaca e exclama, o olhar faiscando:
— Um tucano! Estão vendo?
Penas negras, bico laranja inconfundível, o pássaro sobressai no cruzamento da pista de cascalho com uma senda de

terra, a uns cem metros adiante. Ferido? Talvez, por estar no chão. Os Luíses estugam o passo e vão verificar. Leopoldina sai no encalço da dupla, seguida por Isabel e a condessa, explicando como se fosse para o parque inteiro que os tucanos costumam voar em bandos e são bem distribuídos no país.

O imperador, firme no lugar em que o largaram, cruza os braços e contempla os que se afastam dele. Permaneço parada, no devido recuo. Dentro de instantes, vejo-o efetuar um meio giro para trás e me indagar:

— Para onde voam os corações dos nossos jovens, Rosário?

Penso na velocidade de um raio: "Quer que o informe sobre os namoros das filhas, crente que estou por dentro da coisa." Procuro ser hábil e franca:

— As princesas são muito discretas. Até hoje não me disseram *um nada* sobre o rumo que pretendem tomar.

O monarca contrai as sobrancelhas.

— Custo a crer que minhas filhas não lhe tenham indicado *um mínimo* por quem têm queda, nem creio que os nossos visitantes, desde que chegaram até agora, tenham-se mantido neutros para com elas.

— Bem, o amor é como semente na horta, germina em segredo antes de romper a crosta — reflito, e arrisco falar:
— Reparei que a mais velha considera bastante a opinião do mais velho, e a menor presta mais atenção no outro.

— Também reparei — murmura o imperador, tornando a se ensimesmar, antes de me dar as costas e seguir em frente com as mãos unidas no lombo.

Dali a pouco, no caramanchão, entre goles de chá e mesa farta, Isabel sustenta que nas regiões quentes as aves são mais belas que nas frias. Como pode o sol, que tudo seca, ser responsável por isso? A colocação desafia a todos como neblina turvando a percepção momentânea, quando, em vez de dissipá-la com algum esclarecimento científico, o imperador lança à queima-roupa sobre os Luíses:

— Digam rápido: preferem ser rei em país pobre ou súdito em país rico?

— Rei em país pobre — devolve o ruivo sem vacilo, enquanto o de cachos balança a cabeça como quem pesa prós e contras, daí diz:

— Assim rápido não sei... Por quê?

O imperador desconversa, elogiando o biscoito de polvilho. Dali pula, novamente, para a influência do clima no colorido das aves. Eu, protegida pela treliça do caramanchão, só penso numa coisa pelo resto do lanche: que o conde preferia ser rei em São Cristóvão a ser cidadão comum em Paris, ao passo que o duque não tinha certeza e, pelo visto, não ia morar no Brasil.

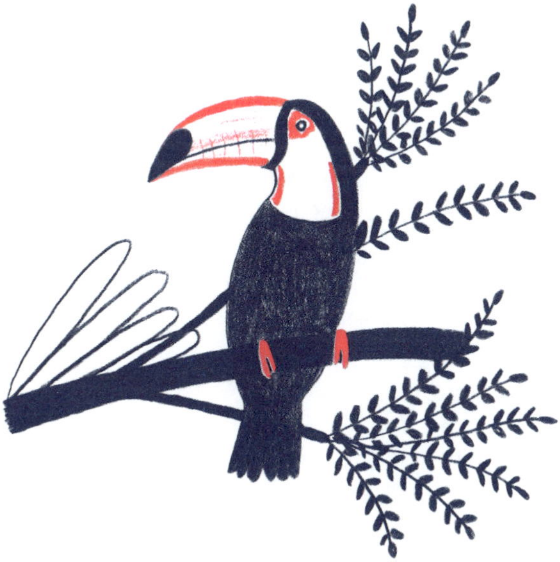

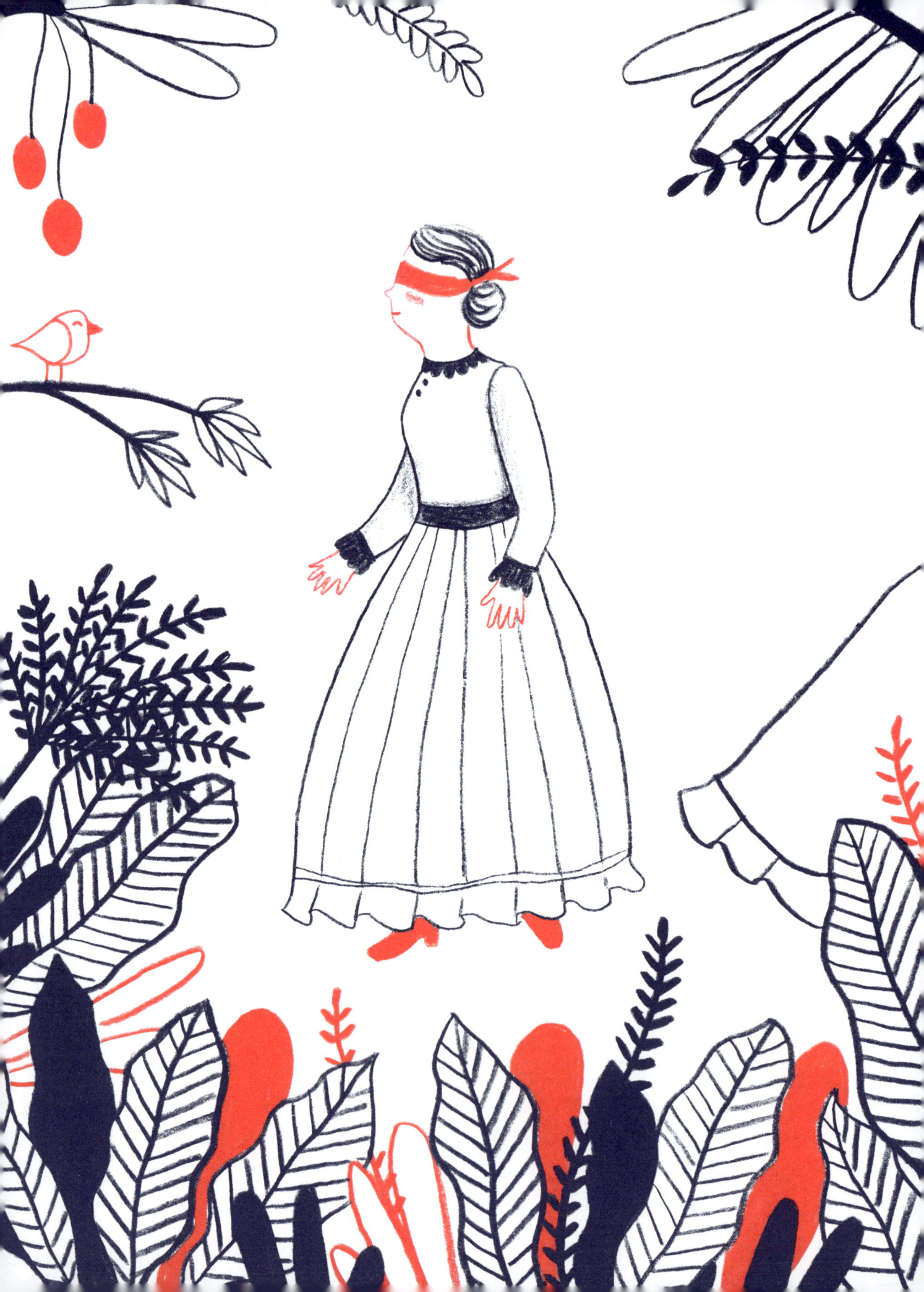

13. *Modéstia à parte, influo*
Ou: como desmaio e ajudo

Enfim, se não flagrei o momento em que Isabel e Leopoldina começaram a namorar, participei daquele em que os respectivos namoros vieram à luz. Aconteceu no **Jardim Botânico** da cidade, em meio a uma inocente brincadeira de cabra-cega.

Isabel amarrava o cachecol de seda sobre os olhos da condessa (que já louvara o suficiente nossas plantas nativas) quando Leopoldina me cochicha ao ouvido:

— Gira bem a governanta, que a gente vai dar uma fugidinha... No que ameaçar tirar a venda, inventa um troço qualquer para retê-la contigo o máximo possível.

Dito isso, evade-se com os demais por um caminho do jardim.

> **Jardim Botânico** – é um parque florestal e centro de pesquisa e ensino de botânica, silvicultura, agricultura e ecologia, situado no bairro do Jardim Botânico (Rio de Janeiro). Foi criado em 1808 por D. João VI, que desapropriou um engenho para construir a Real Fábrica de Pólvora (fechada em 1831). No terreno foi montado o jardim botânico para fazer experiências de adaptação ao Brasil de espécies exóticas e pesquisar matérias-primas para produtos lucrativos. [7] [25]

Giro então a condessa, até ela me mandar parar e sair às tontas apalpando o ar com os braços esticados e as palmas para baixo. Não demora, estranha o silêncio à volta e lembra, aos que se esquivam dela, que não vale ultrapassar o círculo estabelecido. No minuto seguinte, destapa os olhos e esbarra comigo desacordada no chão.

— Céus, Rosário, o que foi?!

Como autêntica desacordada, não reajo. Ela me cutuca com a ponta da bota. Devagar, abro os olhos e pisco trêmula, como quem recobra os sentidos.

— Acho que desmaiei... — engrolo com voz mole.

— O quê?! Não entendi! Cadê o pessoal?!

Ao tentar me apoiar num braço, solto um *ai* gemido.

— Esfolei meu cotovelo... Onde estou?

— No jardim botânico da cidade! — responde a condessa num tom de exaspero patente, que ela abranda, acrescentando: — As princesas sumiram, consegue levantar?...

— Acho que sim — digo, e com caretas de esforço me sento.

— Levanta, por favor! — o tom agora é de súplica. — Pode ter havido um rapto, não percebe?! Um golpe de Estado! — alardeia — Elas estão sob meus cuidados!

Aparentando dificuldade, fico em pé e respiro fundo. Ensaio uns passos trôpegos e, assim que me equilibro, sacudo a poeira da roupa. A condessa, enquanto isso, não sabe para que lado embica, à medida que perscruta as distâncias do horto com as mãos em pala sobre a testa.

Percorremos no sufoco as principais artérias do jardim, sem encontrar sinal dos procurados. Por fim, quando decidimos mobilizar o cocheiro e o Benedito, deparamos com os sumidos nas proximidades da carruagem.

Para justificar o desencontro, os quatro contam que, logo que desmaiei, partiram em busca de socorro, água potável inclusive. Aí, como não nos acharam em parte alguma, vieram para perto da viatura...

— *Allons* — corta a condessa —, já são horas.

Não se abalou em esclarecer a farsa da cabra-cega, nem o motivo por que os Luíses se entreolharam mordendo os cantos das bocas e Isabel me soprou um beijo aéreo. Tampouco quis conversa, fiada ou instrutiva. Subiu na carruagem e, quando desceu à porta do palácio, foi prestar contas à imperatriz.

Naquela semana, arrumando a mesa dos periódicos, li na capa de um diário de notícias:

> *Os nobres visitantes que até pouco eram considerados, oficialmente, simples hóspedes do Imperador, são hoje reconhecidos como os dois noivos das Augustas Princesas. Casa-se Sua Alteza Imperial Dona Isabel com o Conde d'Eu, e a Senhora Dona Leopoldina com o Duque de Saxe. O casamento da Princesa Isabel, primeiro a se realizar por motivo de protocolo, está marcado para 15 de outubro próximo, sucedendo a um noivado de três semanas. Para dezembro deste ano, anuncia-se o casamento de Dona Leopoldina com o Duque de Saxe.*

Agora que namoravam às claras, Isabel e Leopoldina proclamavam de boca cheia: "Meu Luís Filipe", para cá, "meu Luís Augusto", para lá. Passeavam no parque de braços dados com os noivos, sem governanta a reboque, quando se atinham às imediações do palácio.

14. *Um casório leva a outro*
Ou: o mundo lá fora chama

O BATUQUE, NESSE PERÍODO, FERVIA TODAS DAS NOITES na Pequena África, começando cedo, acabando tarde. Quem se casava, afinal, era a princesa vizinha e jovem aliada, Isabel: criança que a Pequena África vira engatinhar, dar os primeiros passos, brincar no parque, virar moça de olhar suave e, sobretudo, noiva que dali a dez dias marcaria o começo de um fim, tornando forros aqueles de seus criados que ainda eram escravos. Motivo não faltava para festejos antes, durante e depois do famoso casamento. Pois quem tem pouco a festejar, festeja o que pode, enquanto pode e a sorte favorece.

Tentando a sorte dele, Benedito se ajoelhou e tornou a pedir minha mão. Pediu seis vezes, para ser exata. A tal ponto que, na sexta vez, perguntei se não tinha comido uma goela de papagaio. Fosse como fosse, nas seis vezes respondi que ia pensar no assunto e responderia quando o visse com a carta de alforria na mão. Porque eu relutava, no fundo, em me casar com um escravo.

— Daqui a dez dias vou poder decidir da minha vida — assegurou. — Promessa de princesa não volta atrás.

— Melhor não cantar vitória antes da hora — adverti. — E se, até lá, o conde se entope de fruta-do-conde, engasga, morre e seu grandioso casamento com Isabel não acontece? Como ficamos?

— Ficamos que vou te amar do mesmo jeito.

A perseverança de Benedito e o seu jeito de insistir me venceram.

Perguntei a Pai Tino o que ele achava.

— Acho tão ótimo que vou seguir o exemplo e me casar com Jacinta.

— Jacinta?! — me retesei que nem couro de pandeiro, assim ficando uns bons segundos, até me distender e dizer: — É por isso, então, que ela anda tão aluada...! Ontem, levou a escarradeira da biblioteca pra limpar e colocou no lugar um urinol!

Noite feita, pelo atalho da mata, vaga-lumes enchem de estrelas a escuridão. Sinto um bafo na nuca, seguido de um toque que não me espanta. Paro e encaro Benedito, que, nesse momento, me puxa a si e não encontra resistência. Suas mãos aquecem-me o rosto e, no silêncio dos grilos, guiam-no até o seu.

Nos braços um do outro, fazemos planos, sem medo do breu reinante.

Zarpar de manhã, no dia em que a princesa se casasse. Escalar como ela a serra do Mar, para uns dias de lua de mel em Petrópolis. Enveredar pelos vales do interior, até onde cavar um poço, construir pouso (plantar hortaliças, criar galinhas, ensinar crianças quilombolas a ler?), ter um bando de Rosarinhas e Beneditinhos em escadinha.

Gostei dos beijos, gostei dos planos, quando uma ideia fulgurou em mim e tive de conter a precipitação de Benedito, que me afogava de carícias. Bancando donzela de romance velho, das que ficavam reclusas numa torre de castelo até o instante de subir ao altar, exigi que não me procurasse até a véspera da viagem.

— Até lá são sete dias!

— Isso, sete diazinhos de nada. Preciso deles pra mim. Explica lá a Pai Tino, a Jacinta e a quem mais sentir minha falta nos batuques.

— Bem, pra quem esperou tanto — resmungou o Benedito entre desapontado e cordato —, um pouco mais não mata.

Dali em diante, deixei de lado arejar, espanar, arrumar e mais obrigações bibliotecárias. Sentei no meu banco com um caderno limpo apoiado na "tábua" de um calhamaço e desatei a escrever, escrever, escrever o relato que estão lendo.

Na semana que antecedeu Isabel se casar, não foi difícil escrever sem ser notada ou interrompida, porque a biblioteca ficou vazia. Ela, a irmã, a mãe e a governanta ocuparam-se da manhã à noite com costureiras, doceiras, floristas, modistas e chefes de protocolo. Quando não estavam provando vestidos, discutindo cardápios ou arranjos de flores, estavam no centro da cidade, ensaiando a cerimônia civil e religiosa. O imperador, quando não cumpria compromissos, rodeado de alfaiates, prestava assistência aos noivos, que, afinal, ainda eram estrangeiros à língua e às coisas do país.

Em seu **último dia de solteira**, Isabel reuniu os criados na sala do trono e concedeu as alforrias prometidas, confirmando que apoiava o fim da escravidão. Declarou que quem quisesse mudar de vida, quando ela voltasse da Europa, poderia mudar; assim como poderia continuar a seu serviço no palácio que o pai estava providenciando para ela e o conde irem morar.

— Benedito e eu planejamos ir para o interior — adiantei.

Benedito não desmentiu minhas palavras, apesar da vontade que teve de servir no novo palácio, como mais tarde me contou.

— Para o interior? — Isabel franziu a testa.

— Sim — reafirmei.

— Lá não tem bibliotecas — ponderou, alteando as sobrancelhas.

— É que vamos nos casar.

Último dia de solteira – a princesa Isabel se casou em 15 de outubro de 1864: esta é a data do fim desta história que começou 14 anos antes, quando Rosário nasceu (pouco depois da morte do segundo filho do imperador, como Rosário contou). [17: princesa Isabel]

— Não seja por isso, aceitamos casais no palácio.

Quis abraçá-la, imaginando que desejava me manter perto dela.

— É que...

— Compreendo — abreviou, forçada a ir provar seu véu de noiva.

As demais despedidas foram breves. Leopoldina me abraçou e presenteou com um leque. A imperatriz, entre atender o chefe dos músicos e o dos confeiteiros, prometeu me incluir em suas orações. A condessa, honesta e direta, tentou me dissuadir de partir. Ao ver que era inútil, avisou: "Toma cuidado, Rosário, que o mundo lá fora é cruel." O imperador achou de suma importância que cidadãos libertos povoassem o centro do país. Para transporte de bagagem, ofereceu um jumento que Benedito e eu chamamos de Cristóvão. Pai Tino, bem... Ainda bem que terá Jacinta.

Dentro de instantes, esconderei o caderno em que escrevo numa pasta da biblioteca de improvável consulta no futuro próximo. Se minha história for lida, um dia, por alguém das gerações que vierem, terei dado aos do futuro distante uma lamparina com que enxergar pequena parcela da minha época.

Sairei da biblioteca, dentro de instantes, sobraçando meu exemplar de *A Moreninha* e o das *Fábulas* de La Fontaine, que me autorizei a levar na nova etapa da existência. Benedito me espera com *Cristóvão*, no portão da Quinta. Adeus, vida boa. Bom dia, aventura. É hora de partir para ir fundar minha dinastia.

Bibliografia de apoio

Biard, Auguste François. *Dois anos no Brasil*. Brasília: Senado Federal, 2004. (Edições do Senado Federal, 13)

Bragança, Carlos Tasso de Saxe-Coburgo. A princesa Dona Leopoldina. *Revista do Instituto Histórico e Geográfico Brasileiro*, Rio de Janeiro, v. 243, p. 72-93, abr.-jun. 1959.

Priore, Mary Lucy Murray Del. *O castelo de papel*. Rio de Janeiro: Rocco, 2013.

Guimarães, Lúcia Maria Pascoal. Troca de noivos na família imperial!. *Revista Nossa História*, Rio de Janeiro, n.1, p. 80-85, novembro de 2003.

Lacombe, Lourenço Luís. A família imperial. *Revista do Instituto Histórico e Geográfico Brasileiro*, Rio de Janeiro, n. 314, p. 137-148, jan.-mar. 1977.

Lira, Heitor. *História de Dom Pedro II*: tomo I, ascensão, 1825-1870. Belo Horizonte: Itatiaia; São Paulo: Edusp, 1977.

Macedo, Joaquim Manuel de. *As vítimas-algozes, quadros da escravidão*. Rio de Janeiro: Fundação Casa de Rui Barbosa; Scipione, 1988.

Mauro, Frédéric. *O Brasil no tempo de Dom Pedro II, 1835-1889*. São Paulo: Companhia das Letras, 1991.

Otávio Filho, Rodrigo. A princesa Isabel: o pai e a filha. *Revista do Instituto Histórico e Geográfico Brasileiro*, Rio de Janeiro, v. 192, p. 119-133, jul.-set. 1946.

Pinho, José Wanderley de Araújo. *Salões e damas do segundo reinado*. São Paulo: Martins, 1959.

Queirós, Dinah Silveira de. *A princesa dos escravos*. Rio de Janeiro: Record, 1965.

Schwarcz, Lília Moritz. *As barbas do imperador: D. Pedro II, um monarca nos trópicos*. São Paulo: Companhia das Letras, 1998.

Fontes dos dados dos boxes

[1] Morais, Alexandre José de Melo. *A independência e o império do Brasil*. Brasília: Senado Federal, Conselho Editorial, 2004. (original de 1877)

[2] Brasil. *Constituição Política do Império do Brasil... 25 de março de 1824*. <http://www.planalto.gov.br/ccivil_03/constituicao/constituicao24.htm>

[3] Aulete Digital. <http://www.aulete.com.br/index.php>

[4] Vansina, Jan. A África equatorial e Angola: as migrações e o surgimento dos primeiros Estados. Em: Niane, Djibril Tamsir (ed.). *História geral da África IV*: África do século XII ao XVI. – 2. ed. rev. – Brasília: UNESCO, 2010. p. 623-654.

[5] Soares, Carlos Eugênio Líbano. *Valongo, cais dos escravos*: memória da diáspora e modernização portuária na cidade do Rio de Janeiro, 1668–1911. Relatório de Estágio de Pós-doutoramento – Antropologia, Programa de Pós-Graduação em Arqueologia, Museu Nacional, UFRJ. Rio de Janeiro, 2013.

[6] Arquivo Nacional. *Dicionário*: Período Colonial (capitães). Primeira República (engenheiro). <http://mapa.an.gov.br/>

[7] Histórias dos bairros. <https://apps.data.rio/armazenzinho/historia-dos-bairros/>

[8] Museu Nacional. *Links*: o museu; o acervo. <http://www.museunacional.ufrj.br/>

[9] Cezerilo, Antonia A. Q. dos S. Irmandades negras: estratégias de resistência e solidariedade. Em: *I Congresso Internacional de Ética e Cidadania* e II Semana de Ética e Cidadania, Universidade Presbiteriana Mackenzie, São Paulo, 2005.

[10] Simão, Maristela dos Santos. *As Irmandades de Nossa Senhora do Rosário e os africanos no Brasil do século XVIII*. Mestrado (História da África) – Universidade de Lisboa, Faculdade de Letras, 2010.

[11] Martins, Bárbara Canedo R. Reconstruindo a memória de um ofício: as amas de leite no mercado de trabalho urbano do Rio de Janeiro (1820-1880). *Revista de História Comparada*, Rio de Janeiro, v. 6, n. 2, p. 138-167, 2012.

[12] Pereira, Maria Juvanete Ferreira da Cunha. História ambiental do café no Rio de Janeiro – século XIX – uma análise de desenvolvimento sustentável. Em: Simpósio Nacional de História, 23, 2005, Londrina. *Anais...* Londrina: Guerra e Paz, 2005.

[13] Debret, Jean-Baptiste. *Voyage pittoresque et historique au Brésil*. Tome 2. Paris: Firmin Didot Frères, 1835. (texto p. 116)

[14] Azevedo Netto, José Martiniano de. Cronologia do abastecimento de água (até 1970). *Revista DAE* [Departamento de Águas e Esgotos], São Paulo, v. 44, n. 137, p. 106-111, jun. 1984.

[15] Machado, Sandra. *Luzes cariocas*. <http://multirio.rio.rj.gov.br/index.php/leia/reportagens-artigos/reportagens/891-luzes-cariocas>.

[16] Diniz, Edinha. *Chiquinha Gonzaga*: uma história de vida. Rio de Janeiro: Codecri, 1984.

[17] Wikipédia. <https://pt.wikipedia.org/wiki/Wikipédia:Página_principal>

[18] Simões Júnior, Álvaro Santos. Da literatura ao jornalismo: periódicos brasileiros do século XIX. *Patrimônio e Memória*, São Paulo, v. 2, n. 2, p. 126-145, 2006.

[19] Florentino, Manolo. Alforrias e etnicidade no Rio de Janeiro oitocentista: notas de pesquisa. *Topoi*, Rio de Janeiro, v. 3, n. 5, p. 9-40, jul.-dez. 2002.

[20] Kocher, José Mauro. *Telegrafia no século XIX*: ciência e técnica no contexto da industrialização. Dissertação (Mestrado) – História das Ciências e das Técnicas e Epistemologia, Universidade Federal do Rio de Janeiro, 2014.

[21] Coleções de naturalista. <https://www.museus.ulisboa.pt/pt-pt/colecoes-de-naturalista>

[22] Bakr, A. Abu. O Egito faraônico. Mokhtar, Gamal (ed.). *História geral da África II*: África antiga. Brasília: UNESCO, 2010. p. 37-67.

[23] Florentino, Manolo; Amantino, Márcia. Uma morfologia dos quilombos nas Américas, séculos XVI-XIX. *História, Ciências, Saúde – Manguinhos*, Rio de Janeiro, v. 19, supl., p. 259-297, dez. 2012.

[24] Gomes, Flávio dos Santos. Uma tradição rebelde: notas sobre os quilombos na capitania do Rio de Janeiro (1625-1818). *Afro-Ásia*, Salvador, n. 17, p. 7-28, 1996.

[25] Jardim Botânico do Rio de Janeiro. *Links*: história; visitação. <http://jbrj.gov.br/>

Fontes das ilustrações

Debret, Jean Baptiste. *Voyage pittoresque et historique au Brésil*. Tome 2. Paris: Firmin Didot Frères, 1835.

Debret, Jean Baptiste. *Voyage pittoresque et historique au Brésil*. Tome 3. Paris: Firmin Didot Frères, 1839.

Fleiuss, Henrique [HF]. Laboratorio Municipal. *Semana Illustrada*, Rio de Janeiro, n. 5, p. 36, 1861. (segundo o IHGB)

Rugendas, Maurice [Johann Moritz]. *Voyage pittoresque dans le Brésil*. Paris: Engelmann, 1827.

Este livro foi impresso em julho de 2021,
na Gráfica Edelbra, em Erechim.
O papel de miolo é o offset 90g
e o de capa é o cartão 250g.
Este livro foi composto na tipografia
Filosofia, em corpo 14,3/20.